KB142613

한국전쟁과
소녀의 눈물

한국전쟁과 소녀의 눈물

청소년 성장소설 십대들의 힐링캠프, 치유(6.25)

[십대들의 힐링캠프®] 시리즈 NO.69

지은이 | 이마리
발행인 | 김경아

2023년 9월 21일 1판 1쇄 인쇄
2023년 9월 28일 1판 1쇄 발행

이 책을 만든 사람들
책임 기획 | 김경아
기획 | 김효정
북 디자인 | KHJ북디자인
표지 삽화 | 발라
경영 지원 | 홍종남
기획 어시스턴트 | 홍정훈, 한선민, 박승아
제목 | 구산책이름연구소
책임 교정 | 주경숙
교정 | 이홍림, 김윤지

이 책을 함께 만든 사람들
종이 | 제이피씨 정동수 · 정충엽
제작 및 인쇄 | 천일문화사 유재상

청소년 기획위원
정가인, 양태훈, 양재욱

펴낸곳 | 행복한나무
출판등록 | 2007년 3월 7일. 제 2007-5호
주소 | 경기도 남양주시 도농로 34, 301동 301호(다산동, 플루리움)
전화 | 02) 322-3856 팩스 | 02) 322-3857
홈페이지 | www.ihappytree.com | bit.ly/happytree2007
도서 문의(출판사 e-mail) | e21chope@daum.net
내용 문의(지은이 e-mail) | leemalhya.yahoo@gmail.com
※ 이 책을 읽다가 궁금한 점이 있을 때는 지은이 e-mail을 이용해 주세요.

ⓒ 이마리, 2023
ISBN 979-11-88758-70-8
"행복한나무" 도서번호 : 171

한국전쟁과
소녀의 눈물

| 이마리 지음 |

차례

"이 소설은 1950년 6월 25일에 발발한 한국전쟁의 역사적 고증을 바탕으로

저자의 상상력이 더해진 작품입니다"

1

열네 살 후남이

엄마는 밤마다 보따리를 쌌다 풀었다 하며 몇 번이나 만지작거렸다. 눈을 감고 있어도 환히 보인다. 또 아버지 솜옷을 챙기는 게 틀림없다.

"후남아, 안 되겠다. 우리도 곧 떠나야겠다."

"어디로요?"

"너도 알잖아."

"……"

후남은 못 들은 척 눈을 감았다. 엄마는 또 깊은숨을 내쉬었다. 맨발로 끌려간 아버지, 할아버지가 돌아오실 것을 믿고 싶은 걸 거다. 방을 가득 채운 한숨 소리에 문풍지가 떨렸다.

오늘은 눈발이 날리고 개울까지 꽁꽁 얼기 시작했다. 엄마 얼굴은 점점 더 어두워졌고, 말도 없어졌다. 하지만 아기에게 젖을 먹일 때만은 엄마 얼굴이 환해졌다. 깜깜한데도 보인다. 아기가 자꾸 울었으면 좋겠다. 그러면 엄마가 아기에게 젖을 주고, 집안이 옛날처럼 환해질 것만 같다. 그때 먼 데서 폭음소리가 들리더니 한 번 더 가까이서 집안을 흔들었다.

후남이 벌떡 일어나 앉았다. 아기가 놀라 울기 시작했다. 엄마는 아기를 안고 젖을 먹였다. '먹은 게 시원찮으니 젖이 나와야지'라고 중얼거리며 한숨 쉬는 소리가 들렸다. 후남도 한숨이 나왔다. 그런데 순이, 옥자, 덕순이네는 어떻게 되는 걸까? 봄이 오면 사총사가 나물도 캐러 가고, 흥남부두 구경도 가기로 굳게 약속했었다. 물론 엄마 모르게 꾸민 작당 모의였지만. 그러니 사총사들과 헤어진다는 건 말도 안 된다.

"엄마, 친구들과 약속했어요."

"친구가 문제가 아니다."

"세상에서 제일 중한 게 친구라고 할 때는 언제고요?"

"그건 죄다 세상 좋을 때 이야기지."

후남은 냉큼 입을 다물었다. 엄마 목소리가 우는 듯해서다. 젖을 빨던 아기도 자꾸 칭얼거렸다. 뭔가 어두운 그림자가 집안에 밀려오는 듯했다. 겨울바람이 문풍지를 펄럭이며 몰고 갔다. 부엉이가 부엉 울었다.

후남은 이불을 뒤집어쓰고 뒤척이다가 엄마 쪽으로 몸을 돌려보았다. 엄마는 아기를 안고 누웠다. 엄마 목을 껴안고 싶지만 참았다. 그런 아기 같은 짓은 안 하는 게 좋겠다. 난 열넷이니까. 어른들이 '후남인 다 커서 동생도 키울 나이'라고 했거든. 이번에는 찬바람이 등허리로 파고든다. 냉기를 피해 바스락거리며 돌아누웠다. 엄마가 졸리는 목소리로 말했다.

"이제 자야지."

"무서워서 잠이 오지 않아요."

"그럴 땐 예쁘고 좋은 생각을 해봐. 잠들면 모든 무서움이 다 달아난단다."

후남은 눈을 꼭 감았다. 그 말이 꼭 '죽으면 모든 무서움이 다 달아난다'처럼 들렸다. 얼마 전 동네 인민재판에서 죽은 아저씨들 얼굴이 어른거렸다. 아이들은 그 후로 면사무소 앞을 피해 다녔다. 죽은 귀신이 해 질 녘이면 출몰한다고 속삭이면서. 점점 더 무서워진다. 아, 예쁜 생각만 하자.

꽁꽁 언 뜰에 연노랑 푸성귀 뾰족이 솟고
여름엔 시퍼런 탱자 울타리에 탱자가 가득
시고 쓴 탱자 씨앗뱉기놀이 누가 멀리 던질까?

이제는 텅 빈 집 누가 지키나?

 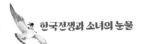

나물 캐던 순이, 복자, 덕순인 어디로 갔지
다시 봄 오고 전쟁 끝나면
멍순인 꼬리 흔들며 달려 나올래
할아버지랑 아버지 돌아오시게
집은 울타리 문 살짝 걸어두고요

사립문 옆 사랑방 책상에선 여태
아버지가 펼쳐둔 책 향기 나는데.

*

작년 이맘때 여씨 집안에 경사가 났다. 갓난아기 울음소리가 우렁차게 울렸고, 온 동네가 시끌벅적해졌다. 여 참봉 할아버지는 새끼줄에 빨간 고추, 숯과 종이 등을 끼워 사람들이 드나드는 대문 위에 걸었다. 할머니도 덩실덩실 춤을 추었다. 후남도 일없이 대문을 들락날락하며 일부러 크게 중얼거렸다.

"어휴, 바쁘다, 바빠!"

후남의 콧대가 두 뼘은 치솟았다. 남동생도 생기고 볼 일이었다.

엄마가 먹는 미역국은 물론이고 잔칫상처럼 찬이 가득했다. 10년 만에 본 귀한 손이라서 '귀남'이라고 이름 지었다. 후남이 태어난 이듬해에 아기가 태어났으나 이레 만에 죽고 말아 후남은 무

9

남독녀 외동딸로 자랐다. 그러다 남동생이 태어났으니 경사 중의 경사였다.

여 참봉 댁에 물건 팔러 왔거나 동냥하러 온 사람들은 빨간 고추가 걸린 새끼줄을 보고 아예 발걸음을 돌렸다. 항상 후하게 물건을 사주고 음식을 차려주는 대갓집이 자기들 때문에 부정이라도 탈까 봐 염려한 것이다. 동네를 지나던 스님조차도 새끼줄 멀리서 염불만 하고 갔다. 아무리 어른들이 그래도 후남은 당당하게 친구들을 불러 모았다. 집 앞 골목에서 강치기를 하고, 고무줄넘기를 하며 함성을 질렀다. 후남 목소리가 담장을 넘어 집 안으로 들어왔다. 엄마가 혀를 찼다.

"쯧쯧, 동생까지 본 가시나 목소리가 어찌 저리 큰지. 저 천방지축 때문에 남부끄러워 죽겠어요."

"가만둬라. 그려도 저 천방지축이 뭔가 할 아이다. 게다가 여태 우리 집안 들보였잖니?"

할머니는 계속 시루떡을 했다. 이레마다 하는 고슬고슬한 팥떡을 동네방네 돌렸다. 일곱이레까지는 떡을 해 나누어야 귀신을 쫓고 아기가 무병하다면서. 할머니는 집집에 이레떡을 돌리며 고했다.

"우리 귀남이, 세이레유. 귀신을 쫓고 무탈을 빌어주구려."

사람들은 후남이 동생 터를 잘 팔았다고 부러워했다. 그럴 때마다 후남은 친구들에게 떠들었다.

"터를 판 게 뭔지 몰라도 더 비싼 값에 팔 걸 그랬어."

"맞다, 우리도 터를 팔자!"

친구들은 일부러 소리를 질렀다. 후남은 그렇게 신나게 뛰어놀다가도 가끔 조용해졌다. 남동생이 생기니 진짜 누님이 된 것 같았다. 조금씩 젖 몽우리가 솟기 시작하면서 가슴이 묵직하게 아프기도 했다. 배가 아프다고 할 때면 엄마는 꼬치꼬치 조사하듯 캐묻고는 "이제 그걸 할 때가 되었는데……"라며 중얼거렸다. 후남인 그때마다 얼굴이 화끈거렸다. 아마 한 살 많은 복자 언니가 알려준 달거리 이야기인 것 같았다. 엄마는 달거리라고 직접 말하지 않고 항상 '그것'이라고만 했다. 다른 증상은 없냐면서. 너무 사내처럼 날뛰니 그것도 더디 오는 거라고도 했다.

"이름을 후남이라고 지어줘서 그랬나? 어쨌든 제발 좀 여성스러워져라."

후남은 처음으로 자기 이름을 곰곰이 생각해 봤다. 나중에 남자처럼 잘되라고 '후남'으로 지었을 거라는 결론을 내렸다. 그러고 보니 여태 할머니 이름을 모르고, 그냥 할머니가 이름인 줄 알았다. 할아버지 이름은 있는데 이상했다. 여자라서 이름이 없었을 것만 같았다. 할머니가 얼마나 잘해주시는데 좀 속이 상했다.

'나는 후남이라는 이름이라도 있으니 버젓하게 살아야 해. 여후남? 그리 싫지 않아.'

＊

어느덧 아기가 기기 시작했다. 후남은 아기 보느라 친구들과 놀 시간이 줄어들었다. 그러나 그것보다 갑자기 출몰하는 귀신 같은 군인 아저씨들이 더 문제였다. 동네와 학교에도 '인민군'이라는 아저씨들이 나타났다. 누리 뱅뱅한 나른 풀색 군복을 입고 어색한 모자를 눌러쓴 군인들이 동네를 어슬렁거리고 다녔다. 특히 핏빛 빨간 완장은 사람들을 섬뜩하게 했다. 후남도 그들을 보면 뭔가 무서워 숨었다. 눈에 뜨이면 안 좋은 일이 일어날 것 같은 예감이 들었다. 딸을 가진 부모들은 딸을 숨기느라 정신이 없었다.

어느 날 학교가 파한 길이었다. 후남이 대문에 들어서니 새끼줄이 반쯤 늘어진 채 고추랑 숯덩이가 땅바닥에 나뒹굴고 있었다.

"엄마!"

후남은 마당으로 뛰어들다 퍼뜩 서고 말았다. 인민군 몇 명이 눈에 띄었다. 그들 사이로 기둥에 묶인 할아버지와 아버지가 보였다. 잘못 봤나 눈을 비비며 다시 고개를 들었다. 하얀 와이셔츠에 피가 튀긴 채 양손을 뒤로 묶인 사람은 분명 아버지였다. 그 반대쪽 기둥엔 할아버지가 양손을 묶인 채 고개를 푹 숙이고 있었다. 후남은 숨이 턱 막혔다. 가슴속에서 기차가 쿵쿵거리며 다가왔다. 후남을 본 엄마가 일부러 아기를 꼬집었다. 아기가 질겁하며 울기 시작하자 군인이 소리쳤다.

"재수 없게. 계속 애를 울리면 오마이 동무 가만 안 두겠소."

군인이 엄마에게 다가가는 것을 보며 후남은 얼른 부엌으로 숨었다. 엄마는 그제야 허둥대며 아기를 얼렀다. 후남에게서 군인의 눈길을 따돌린 거였다.

얼마 후 군인들은 창고에서 허겁지겁 곡식을 꺼내 달구지에 실었다. 군인의 쥐새끼처럼 가는 눈이 야릇하게 반짝였다. 마침내 작은 곡식 자루까지 다 들어내자 군인이 다리를 건들거리며 말했다.

"와, 수입이 짭짤허네. 보아 허니 흥남 비료공장에서 인민의 피를 많이도 빨았구나."

할머니가 손을 비비며 싹싹 빌었다.

"뭐든 다 가져가도 좋아요. 제발 우리 아들과 영감만 손대지 말고."

"흐흐, 우리 인민이 진정 원하는 건 우리 해방군의 열혈당원이 될 당신 아들과 영감이오."

대장이 손가락 끝으로 아버지와 할아버지를 가리켰다. 달려온 남자 둘이 아버지와 할아버지를 옆구리에 끼고 대문 밖으로 나갔다. 쥐새끼 같은 눈을 가진 군인의 시선이 외양간을 힐끗거리다 부엌문에서 멈췄다. 판자문 구멍으로 밖을 살피던 후남은 온몸이 얼어붙는 것만 같았다.

"송아진 내가 찜하겠어."

쥐새끼 눈이 다시 부엌을 가리켰다.

"저기서 푹 삶아 먹을 거이니 잘 키워놓으소."

후남인 그 말에 놀라서 헉 하고 숨을 들이켰다. 그때 송아지가 음매 울자 쥐새끼 눈이 시끄럽다며 호통쳤다. 후남은 중얼거렸다.

'우리 송아지, 바위는 절대 안 뺏길 거야.'

쥐새끼 눈이 마당이 떠나가라 호통쳤다.

"지서로 끌고 가라. 우리 인민의 피를 빤 자는 인민의 이름으로 재판을 받을 거다."

"안 됩니다! 안 돼요!"

엄마는 울부짖으며 군인을 따라 나갔다. 할머니도 엄마를 말리며 따라갔다. 갑자기 마당이 텅 비었다. 빈 창고 문이 끼익 혼자서 열리고 닫혔다. 새끼줄에서 빠져나온 마른 고추가 마당을 맴돌았다. 겨울 삭풍이 점점 거세졌다.

후남이 부엌에서 나오자 엄마는 벌써 대문 밖에 나가 있었다. 흙바닥에 엎드린 엄마 어깨가 심하게 파도쳤다. 후남은 엄마에게서 아기를 받아 업고 골목을 돌았다. "아버지~!" "할아버지!" 목 놓아 불러도 대답이 없었다. 여느 때와 달리 지나가는 사람이 한 명도 없었다. 모두 집에 숨었는지도 모른다.

집에 온 후남은 아버지 방을 가만히 열었다. 아버지가 돌아와 앉아 계실 것만 같았지만, 방은 텅 비어 있었다. 책상 위에 펼쳐놓은 책만 아버지를 기다리고 있는 것 같았다. 집은 죽은 듯이 조용했다. 아기 우는 소리만 아니면 귀신이라도 나올 듯 적막했다.

엄마는 다음 날 아버지와 할아버지를 찾아 지서로 갔다. 할머니가 솜옷을 싸주면서 어디 있더라도 몸은 따뜻해야 한다고 했다. 서장은 후남 아버지는 자원해서 인민군에 입단했다며 이 고을의 자랑이고 영웅이라고 떠들어댔다. 조선인민공화국의 부름을 받아 이미 원산으로 보냈으며, 할아버지는 농장으로 보냈다고 했다.

엄마는 하늘이 무너지는 것만 같았다. 절대 그럴 리가 없다고 생각했지만 대놓고 말할 수는 없었다. 아들, 딸자식이 있고 부모가 있는 남편이 인민군에 자원할 리가 없었다. 서에서 돌아온 엄마는 시든 상추처럼 기가 푹 꺾여 있었다. 할머니가 달려 나갔다.

"어미야, 어찌 되었냐?"

"어머님, 놀라지 마세요. 아버님이……."

"어서 말해봐라."

"농장으로……."

"함경도 집단농장 말이냐?"

할머니 얼굴이 붉으락푸르락 소리를 질렀다.

"이 빨갱이들이 재산 다 빨아먹더니! 이제 늙은 몸뚱이 잡아다 무엇에 쓴다더냐?"

할머니는 잠시 후 엄마와 후남을 바라보았다.

"누구에게도 네 할아버지나 아버지 이야기를 하면 안 돼. 평생 절대 입 다물고 살아야 한다."

후남은 할머니 서슬에 고개만 끄덕였다.

"후남아, 절대 네 아비를 의심하지 말아라. 전쟁통에 가족을 살리기 위한 선택이었을 거다. 조금이라도 붉은 피가 흐르는 건 아니니까."

"어머니, 말도 안 됩니다. 그 사람이 자원했을 리는, 절대로 없습니다. 놈들이 강요한 게 분명해요."

후남은 돌을 매단 듯 가슴이 철렁 내려앉았다. 할아버지 할머니를 잘 챙기라며, 여자도 공부해야 한다고 열심히 읽을 책을 구해 주던 인자한 아버지. 아버지 방 책상에는 항상 책이 펼쳐져 있었다. 꼿꼿하게 앉아 책을 읽던 아버지 모습이 얼마나 자랑스러웠던 가! 후남은 머리를 흔들며 혼잣말했다.

'우리 아버지가 그 무서운 인민군이 될 리 없어.'

엄마가 말했다.

"어머님, 어쩌면 아범이 그 무서운 인민재판에 나가 개죽음을 당하느니 군인으로 떠도는 게 더 낫지 않을까요?"

할머니가 체념한 듯 두 손을 들어 빌었다.

"인민군으로 말이냐? 조상신께 비나이다, 비나이다! 제발 죽지 말고 살아만 있게 해주시오."

엄마는 말없이 아기를 꼭 끌어안았다. 후남은 벌써 아버지가 보고 싶었다.

동생 돌이 되어가는데 축하할 사람은커녕 곡간까지 텅 비었다.

엄마도 먹은 게 없어 젖이 돌지 않았다. 할머니는 끼니때마다 당신 밥을 덜어 엄마 밥그릇에 넣어주었다. 두 분이 실랑이했지만 항상 엄마가 졌다. 그런데도 동생은 칭얼대며 젖이 밭은 빈 젖무덤만 파고들었다. 점점 칭얼대는 시간이 많아졌다. 할머니가 말했다.

"쯧쯧, 이놈의 전쟁이 원수여. 그런데 남쪽으로 가야 산다더라."

엄마가 말했다.

"어머니, 함께 떠나요. 미국 배가 흥남에서 철수하면서 피난민을 그리로 날라준대요."

"난 기다려야지. 네 아버지와 후남 아비는 분명 살아 돌아올 거다."

"어머니, 압록강에서 중공군이 밀고 온답니다. 곧 이곳도 인민군과 중공군 손아귀에 들 거래요."

"나는 절대 못 간다. 이 눈에 흙이 들어와도."

동네에서는 벌써 후남 아버지가 인민군에 자원했다는 소식이 일파만파 퍼졌다. 어른들은 쉬쉬하며 후남네에 발을 끊었다. 후남 친구들도 더는 놀러 오지 않았다. 골목도 텅 비었다. 후남은 그것이 전쟁 때문이라고만 생각했다.

할머니는 며칠 후 순이 아버지를 불러 바위를 잡게 했다. 아껴봤자 결국 인민군 놈들 배만 채워줄 거라면서. 먹을 것이 바닥난 집에 훈김이 났다. 후남인 갑자기 속이 니글거려 고기 냄새에 코를 막았다.

"후남아, 좀 먹어라."

할머니는 고기를 후남 입에 쑤셔 넣어주었다. 바위 눈동자가 어른거렸다. 눈을 꼭 감고 고기를 질경거리다 은근슬쩍 고기를 삼켰다. 고기 맛을 본 지 너무 오래되었다. 한 광주리 정도 되는 고기였지만 할머니는 동네 집집을 돌며 한 덩어리씩 나누어주었다. 잔치나 귀남이 이레마다 팥떡을 돌릴 때처럼. 할머니는 고기를 건네며 집집을 챙겼다.

"이 집은 별일 없지? 왜 그렇게들 같은 민족끼리 서로 못 잡아먹어서 난리인지."

"아, 네."

"우리 동네는 죽어도 같이 죽고, 살아도 같이 살아야 한다."

사람들은 주억거리며 귀한 고기에 고마워했다. 그러나 뒤로는 인민군에 자원했다는 후남 아버지 이야기를 하며 쉬쉬했다. 할머니는 고기 몇 덩이를 간장에 바짝 졸여 보자기에 꽁꽁 쌌다. 피난 음식으로 아껴둔다며 마루 한구석에 숨겨놓았다. 지금 같은 전쟁통에 고기를 맛보는 것도 다 남자들 덕이라며 흥남 질소 비료공장에서 일한 할아버지와 아버지를 추어올렸다.

"일정시대 때 네 조부 아니었으면 한국에 비료공장은 엄두도 없었지. 그 덕에 아범도 회사에서 중요한 역할을 했던 거고."

어머니가 한숨을 내쉬며 말했다.

"어머니, 말도 마세요. 해방되자마자 소련 해방군이 들이닥쳤잖아요? 그때 우리 집이 지주 집안으로 찍혀 온갖 수모를 받은 건 또 어떻고요? 후남 아범에게 배달부의 횡령죄를 뒤집어씌워 온갖 고문을 할 땐 피가 마르는 것 같았어요."

후남은 아버지가 경찰에 불려 다니던 때가 기억났다. 며칠씩 경찰서에 있다 돌아온 아버지는 덥수룩한 수염에 얼굴이 마르고 말수가 적어졌다. 저러다 행여 아버지가 죽는 게 아닐까 두려웠다.

친했던 친구들마저 후남을 따돌려 후남인 홀로 지내기 일쑤였다.

"후남 아버지가 비료도둑이래."

"맞아, 배달부하고 짜고 비료를 수백 포대나 빼돌렸대."

아이들이 학교 화장실에 모여서 혹은 소각장 청소하다 수군댔다. 그러다 후남이 나타나면 후다닥 흩어졌다. 참봉댁 손녀딸로 세상 물정 모르고 살던 후남에겐 날벼락이었지만, 엄마에게 그런 이야기까지 할 수는 없었다.

아버지는 결국 회사를 그만두었다. 멍하게 책상에 앉아있는 뒷모습이 보이는 날들이 눈에 띄게 늘었다. 옛날처럼 책을 읽지도 않는 것 같았다. 아기를 보아도 그냥 멍하게 얼굴만 향하고 있었다. 할머니가 혼잣말처럼 중얼거렸다.

"아범에게 죄를 뒤집어씌운 배달부 놈은 어디서 잘 먹고 잘사는지."

엄마가 기억을 더듬으며 말했다.

"그때 후남 아빠랑 함께 공장에서 파면된 후 수도원에 잡역부로 들어갔다는 소문을 들었어요."

아버지는 파면 후 무죄가 밝혀졌으나 공장에 복귀할 수는 없었다. 신경이 쇠약해졌다는 의사의 진단을 듣고, 요양을 취하던 중에 전쟁이 터진 것이다. 할머니가 말했다.

"그 수도원도 문제다. 그런 양심 불량자를 채용하다니."

"인민군 본부에서 후남 아빠를 처치하려고, 배달부를 꼬여서 벌인 수작이라는 말이 떠돌았었죠. 우리 후남이만 한 딸도 있는 사람이었대요."

후남은 열불이 솟았다. 아버지를 그렇게 만든 녀석이 원망스러웠다. 조금만 더 컸더라면 어떻게든 복수하고 싶었다.

"나처럼 어린 딸을 가진 남자라고요? 울 아버지를 괴롭혔던 못된 놈이."

"후남아, 어미야, 다 잊어라. 이제는 지나간 일. 그때 겪은 고초를 지금 말해 뭐하겠느냐? 놈들은 전쟁을 백성 생각해 일으키는 게 아니다. 자기들 이념에 따라 벌이는 수작이지."

엄마는 나쁜 기억을 지우려는 듯 고개를 흔들었다. 할머니가 눈을 감고 말했다.

"길 가다 죽으나 집에서 죽으나 죽는 건 마찬가지지. 인명은 재천이라고 죽고 사는 건 하늘 뜻에 달려있어. 아무리 애써도 죽을 사람은 죽고, 명이 긴 사람은 살게 되어 있는 법이다."

후남은 가슴이 먹먹했다. 저녁이면 모닥불 아래서 재미있는 이
야기가 끊이지 않던 할머니였다. 살아있는 이야기보따리였다. 그
속엔 풀어도 풀어도 계속 이어지는 마법의 실뭉치가 가득 들어있
었다. 이제는 그런 할머니를 볼 수가 없다. 할머니가 가만히, 그러
나 힘주어 말했다.

"후남아, 나는 열 아들 안 부럽다. 우리 후남이는 씩씩하고 다부
져서 여 씨 집안 들보였거든. 이제 다 컸으니 엄마와 동생을 잘 돌
보아야 한다, 아버지 대신."

후남은 그 마지막 말 '아버지 대신'이 가슴에 와 박혔다.

"네, 저도 이제 열넷이니까요."

후남은 열넷이 자랑스럽고도 슬펐다. 남동생이 생겼는데도 자
기를 의지하다니 가슴이 뜨거워졌다. 그런데 사실 뭔가 불안하고
막막했다. 전처럼 뛰어놀고 싶지도 않았다. 가슴이 봉곳 솟아오르
는 곳마저 묵직하고 아팠다. 엄마가 말하는 그것이 곧 닥칠 거라는
불안과 함께 막연한 슬픔, 그리고 그리움이 생겼다. 그러나 지금은
전쟁 시기였다. 그런 사치스러운 생각을 하면 안 될 것만 같았다.
생각을 깨우듯 할머니가 말했다.

"후남아, 전쟁이 끝나면 꼭 고향으로 돌아오너라. 네가 태어나
고 자란 이곳을 잊으면 안 되는 거야."

"할머니, 반드시 돌아올게요."

후남은 주먹으로 눈물을 훔쳤다. 지금 당장 헤어지기라도 하는

것처럼 슬펐다.

"조상님이 주신 귀한 목숨 잘 지키고 잘 버텨야 헌다. 가족을 다시 만나려면."

할머니 말에 셋은 고개를 모았다. 가슴이 터질 듯 슬펐다.

*

한동안 국군이 3.8선 이북으로 올라와 승승장구하더니 사태가 역전되었다. 중공군이 압록강 유역까지 온 국군을 밀어내며 굶주린 까마귀처럼 떼 지어 내려왔다. 유엔군과 중공군이 혹독하게 추운 장진호에서 격렬한 전투를 벌인다는 소문이 자자했다. 사람들은 피난 보따리를 싸서 무조건 남으로 내려갔다. 살길은 그것밖에 없다면서.

옆집이 하나둘 비어가자 마을에 남은 사람들은 더욱 불안에 사로잡혔다. 떠나지 못하고 발만 동동 구르는데 흥남부두로 가면 살수 있다는 희소식이 퍼졌다. 중공군에 버티지 못하고 철수하는 유엔군을 따라 배만 타면 된다는 거였다.

"흥남으로, 흥남!"

사람들은 이제 살았다며 희망에 차서 짐을 쌌다. 배가 왔다는 소문이 들리면 너도나도 부두로 갔다. 부둣가에서 혹은 길가에서 며칠씩 밤을 지새우며 배를 기다리기도 했다. 며칠 거리로 배가 떠났다. 큰 배, 작은 배, 모든 배는 남으로 가는 생명선이었다.

그날 밤 할머니가 명령 아닌 명령을 내렸다.

"내일 아침 일찍 후남이를 데리고 떠나거라."

"어머니……, 혼자 남으시니 놈들이 얼마나 괴롭힐지 걱정이에요."

"땅문서는 물론 곡식 한 톨도 남지 않았어. 이제 덩그러니 집만 남았으니 속 빈 강정이지. 아무리 괴롭혀도 빈집에서 더 나올 게 없으니 설마 무슨 짓을 하겠냐."

어렴풋한 할머니 목소리에 후남이 눈을 비비며 잠에서 깼다. 희미하게 동창이 밝아오고 있었다.

"어서 일어나라. 오늘이 그날이다!"

간밤 이야기가 꿈이 아니었던 게 분명하다. 문풍지로 스며드는 새벽 햇살이 뙤약볕 아래 풀잎처럼 시들하다. 마당에선 멍순이 밥 먹는 소리가 들렸다. 달그락달그락 목줄이 개밥그릇에 부딪히는 소리가 유난히 크다. 멍순이 입에서 나오는 부연 입김이 꽁꽁 언 마당에 수증기처럼 하얗게 솟았다.

'멍순아, 이제 언제 다시 볼까. 많이 먹어라.'

엄마가 멍하니 멍순이를 바라보고 있었다.

"어미야, 어서 서둘러야지!"

할머니의 컬컬한 목소리가 온 집안을 깨웠다.

2
심청이 제물

"후남아, 이제 내가 업을게. 아기 나 주고 좀 쉬어라."

엄마 말에 후남은 괜찮다면서도 포대기를 풀었다. 아기를 내리니 등골이 썰렁하고 뻐근하다. 이가 딱딱 마주친다.

"엄니, 부두까지 얼마나 남았을까요?"

"부두까지 온종일 걸린다는 말이 맞네. 새벽에 출발했는데 여태 오리무중이니."

"큰아버지가 어두워지기 전에 부두에 도착해야 한다고 했어요. 오는 차례대로 배에 태워준다고 했는데."

"그래도 어린 것은 먹이고 봐야지. 온종일 내리 굶었으니 얼마나 배고프겠어."

엄마는 길가 돌에 걸터앉아 아기에게 젖을 물렸다. 후남은 겨울에 허옇게 내어놓은 엄마 젖가슴이 부끄러웠다. 얼마나 추운지 가슴팍에서 수증기가 하얀 연기처럼 솟아올랐다. 후남은 길에서 안 보이게 엄마 앞을 막아섰다. 눈치챈 듯 엄마가 말했다.

"피난 가는 사람이 젖 먹이는 여자 눈여겨볼 사람 아무도 없다. 모두 자기 살 구멍 찾기 바쁜데 무슨."

아기가 양손으로 엄마 젖을 붙잡고 걸신들린 듯 빨았다. 그걸 본 후남은 뱃가죽이 달라붙는 듯했다. 새벽에 멀건 국밥 한 그릇 대충 먹고 떠나 내내 걸었다. 낮이 지나고 해가 지는데 여태 먹은 게 없었다. 침을 꿀꺽이며 아기만 바라보다가 문득 장조림 보따리가 생각났다. 얼었는지 나뭇조각처럼 단단하다. 그 짭짤 고소하고 질깃한 장조림을 떠올리니 군침이 돌았다.

"꼭 필요할 때만 찢어 한 점씩 입에 넣고 오물오물 씹어라. 그럼 오래오래 단물이 나오거든. 허기가 사라질 거다."

할머니 말씀이 생각나 얼른 보따리를 길게 펴서 등 뒤로 묶고, 아픈 발을 만지작거렸다. 보따리가 안 보이면 배고픈 걸 잊을 것 같아서다. 아까 꽁꽁 언 돌덩이를 잘못 밟아 접질린 발목이 점점 더 시큰거린다. 양말을 내려보니 부어올라 벌겋게 성이 나 있었다. 엄마에게는 비밀이다. 동생 돌보기도 힘든데 자기까지 신경 쓰게 할 수는 없다. 엄마가 아기를 업으며 짐 속에서 털옷을 꺼내 뒤집어씌웠다.

"바람이 세어지네. 어두워지기 전에 도착해야 하는데."

후남은 얼른 발을 털고 앞장섰다. 그러나 속도를 낼수록 발은 더 아팠다. 후남이 점점 뒤처지자 이번에는 엄마가 빨리 오라고 독촉했다. 조금 가니 사람들이 산처럼 바다처럼 한 곳으로 꾸역꾸역 모여들었다.

희미한 겨울 해가 슬그머니 숨어들고 주위는 음침한 잿빛으로 뒤덮였다. 북풍이 몰아치고 눈발까지 흩날리는데 저 앞에 부둣길이 나타났다. 사람들 발걸음이 무섭게 빨라지더니 그곳으로 곤두박질치듯 쏟아져 내려갔다. 지게를 진 사람, 보따리를 이고 가는 사람, 아기를 업은 사람, 상자를 멘 사람들이 쑥대밭처럼 엉겼다. 후남도 쓸려가며 외쳤다.

"엄마, 저, 저기 배다!"

희뿌연 눈발 속에 검은색 배가 서서히 다가와 섰다. 눈발은 더 세게 날리기 시작했다. 배로 내달리는 사람들은 토굴로 내몰리는 토끼무리처럼 달려들었다. 밀치고 젖히다 밟히고 밀려가면서. 부두 옆 물속으로 떨어진 사람들의 비명이 물보라와 섞여 아비규환이었다. 길 아래 깔린 사람, 엄마를 찾는 아이들, 놓친 자식을 부르는 부모, 등에 업은 포대기에서 빠져나간 아이를 찾는 사람이 뒤엉켜 완전 전쟁터였다. 마침내 미군이 공포탄을 쏘았다.

콰르릉 쾅!

갑작스러운 포 소리에 사람들이 움찔했다. 군인들이 일제히 호각을 불며 동아줄로 경계선을 그었다. 활동사진이 멈춘 듯 그것을 바라보던 것도 잠시, 사람들이 다시 첨벙첨벙 물속으로 걸어 들어갔다. 한참 물속을 걸어야 배까지 갈 수 있다. 움찔해서 멈춰 섰던 나머지 사람들도 우르르 달려들었다. 후남은 차가운 물에 심장이 얼어붙는 것만 같았다. 엄마 손을 꼭 쥔 채 눈을 감았다.

'제발 무사히 배까지 건너게 해주세요.'

아무리 빨리 가려 해도 몸이 중심을 잃고 뒤뚱거렸다. 휘청거리는 엄마 손을 꼭 쥐었다. 그래도 배를 타야만 한다. 어떤 여자가 물속에서 넘어진 채 일어나지 못하자 주변에 있던 남자가 끈을 던져 잡아끌기도 했다.

물속을 걷다가 배를 올려 보았다. 커다란 검은 배가, 길이가 수십 척은 되는 공룡처럼 버티고 서 있었다. 거기서 내려뜨린 그물 사다리에 인간들이 매미처럼 다닥다닥 달라붙고 있었다. 엄마가 한숨을 내쉬었다.

"휴, 산 넘어 산이네. 저 사다리를 또 넘어야 하나?"

"엄마, 서 있을 시간 없어요. 어서 가요."

후남은 엄마 팔을 끼며 앞장섰다. 총을 든 군인이 호각을 불며 소리쳤다.

"등짐을 버리시오!"

그러나 말소리도 호각 소리도 파도 소리에 묻혀버렸다. 쌩쌩거리는 겨울 삭풍이 아우성과 섞여 난장판이었다. 무조건 저 높은 그

물 사다리를 넘어야 산다. 엄마는 어깨에 업은 아기가 천근만근이
다. 엄마가 자꾸 뒤처지자 후남은 엄마 팔을 잡아끌기 시작했다.
군인이 계속 소리쳤다.

"배가 좁아요. 짐을 버려요. 한 사람이라도 더 살리려면!"

더러는 생명처럼 지고 온 쌀, 떡, 주먹밥이 든 등짐을 물속에 던
졌다. 옷가지를 버린 건 이미 오래전이었다. 그러나 엄마는 등심을
더 으스러지게 움켜쥐었다. 행여 누가 채가기라도 할 듯이. 등짐을
버린 사람들은 계속 후남을 앞질러 갔다.

한바탕 돌풍이 일어 사람들이 비틀거렸다. 아기에게 덮인 털옷
이 벗겨져 날아가자 등에 업힌 아기가 자지러지게 울어댔다. 엄마
가 자꾸 뒤처지자 후남이 아기를 업겠다고 소리쳤다. 파도가 그 소
리를 먹어버린 채 엄마는 자꾸 물속에서 휘청거렸다. 후남은 온 힘
을 다해 엄마를 세우고 소리쳤다.

"엄마, 배에 거의 다 왔어요!"

엄마는 앞을 가로막은 시커먼 배를 올려다보며 덜덜 떨었다. 하
늘로 뻗은 시커먼 그물 사다리가 저승으로 가는 계단 같았다. 공중
에서 외치는 소리가 들려왔다.

"곧 사다리를 걷어요!"

후남은 정신이 번쩍 들었다. 얼른 그물 사다리로 붙어 서는데 군
인이 위를 향해 외쳤다.

"막 건너온 이 사람들까지만 태워줘요!"

 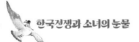

후남 뒤로 밀려온 사람들이 허겁지겁 사다리에 달라붙었다. 군인들은 달라붙는 사람들을 떼어내려고 안간힘을 썼다. 배가 곧 떠난다고 외치면서, 호각 소리로 삐 삐 삐 경고신호를 울려도 막무가내였다. "빨리빨리. 한 자리 남았다!"라는 외침이 난장판 속으로 사라졌다. 군인이 확성기에 대고 소리쳤다.

"배가 곧 떠납니다. 지금은 출발 5분 전!"

엄마와 후남은 허겁지겁 사다리에 발을 디뎠다. 군인이 후남을 힘껏 밀어 올리며 소리쳤다.

"제발 빨리빨리!"

후남이 그물 사다리로 오르는 사이에, 사람들이 또 사다리 아래로 달라붙었다. 군인 두어 명이 그들을 떼어내려고 실랑이를 벌였다. 부두로 돌아가라고 외치는 소리, 올라가겠다고 악쓰는 소리, 사다리에서 떨어지며 내지르는 단말마 비명으로 그물 사다리는 아수라장이었다.

미군이 호각을 불며 사람들에게 돌아가라는 손짓 발짓을 했다. 그러나 사람들은 배를 향해 미친 듯이 돌진해 왔다. 한국군이 고래고래 소리쳤다.

"배에 자리가 없어요. 그만 돌아가세요!"

이미 바다를 건너온 사람들은 배를 놓치면 죽는다며 필사적으로 달려들었다. 고지가 바로 저긴데, 절대 물러설 수가 없었다. 군인들은 따개비처럼 붙은 사람을 떼어내느라 진이 빠졌다.

후남은 얼마를 올라가다 멈췄다. 한참 올라온 듯한데 제자리인 것만 같았다. 거친 호흡을 가다듬어 본다. 가끔 그물 사다리가 출렁거려 그물을 부여잡고 멈추기를 반복했다. 그때 들리는 목소리, 분명 엄마 목소리였다.

"후남아, 짐을 버려! 허리에 찬 것만 잘 간직해라. 꼭 잘~!"

'아, 엄마다!'

후남은 등에 진 보따리를 물속에 떨어뜨렸다. 살 것 같았다. 허리를 더듬으니 허리 짐은 잘 붙어 있었다. 엄마가 크게 외쳤다.

"어서 올라가!"

후남인 정신없이 기어오르기 시작했다. 한 발 두 발 아픈 발목이 끊어질 것 같았지만 죽을힘을 다해 발을 옮겼다. 그물 깊이 시큰거리는 발을 넣었다 떼었다. 물 묻은 손이 그물에 쩍쩍 얼어붙었다. 온 힘을 다해 이를 악무는데 위에서 소리가 들렸다.

"어서 와. 네가 마지막이다!"

후남이 울부짖었다.

"안 돼요! 우리 엄마가 와요!"

후남은 사다리 아래를 내려다보며 어둠 속에서 엄마를 찾았다. "엄마! 엄마!" 대답이 없다. 거센 바람이 일더니 그물이 출렁였다. 공중에 몸이 둥실 떠오르자 날아갈 듯 휘청거렸다. 머리 위에서 다급한 목소리가 들렸다.

"조금만 더!"

 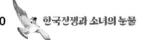

마지막 사다리에 손을 얹자마자 죽 미끄러지고 말았다. 죽는다
고 생각한 순간 한 손이 그물에 걸렸다. 그걸 붙잡고 안간힘을 써
다시 올라가기 시작했다. 그러나 접 지른 발을 더 뗄 수가 없었다.
주저앉으려는데 어둠 속에서 들려오는 할머니 목소리.

"후남아, 너는 우리 집안 들보다!"

후남인 이를 악물었다.

'그래, 살아야 해. 가족을 다시 만나려면.'

두 번째 공포탄이 울렸다. 그제야 놀란 사람들이 허겁지겁 오던
길로 돌아섰다. 찬물을 뒤집어쓴 사람들이 재채기와 함께 물을 털
며 허우적거렸다. 물 중간까지 왔던 사람들은 망연자실한 채 그 자
리에 서버렸다. 구원의 배가 도착했는데 그만 집으로 돌아가라니,
차라리 죽여달라고 아우성쳤다. 그 난장판 속으로 소리가 내려
왔다.

"조금만 더 올라와!"

하늘에서 들리는 소리다.

"힘내라. 여기, 여기!"

후남 손이 위에서 내려오는 손과 만났다. 남은 한 손으로 발목을
움켜쥔 찰나, 후남은 갑판에 쓰러지듯 던져졌다.

엄마는 아까부터 귀를 의심했다. 한 사람밖에 더 태울 수 없다니! 맥이 빠져 발을 헛디디고 말았다. 쿵, 미끄러지는 순간 한 발이 그물에 걸렸다. 한 손으로 그물을 잡은 채 허공을 한 바퀴 돌았다. 손에서 점점 힘이 빠지고 손이 벌벌 떨렸다. 그대로 손을 놓고 싶다는 생각이 간절했다. 영원히 나락으로 떨어졌으면……. 그때 아기가 날카롭게 울어댔다. 엄마는 번쩍 정신이 돌아왔다. 등 뒤에서 따뜻하고 물컹한 생명이 힘차게 울어 젖히고 있었다.

"응애, 응애! 응애, 응애!"

'그래, 우리 아들이 있었지.'

울컥 뜨거운 눈물이 솟구쳤다. 잠시 잊고 있었다. 안간힘을 다해 그물 사다리를 붙잡았다. 손을 단단히 뻗어 그물 사이에 발을 끼웠다. 사다리 아래에서 다급한 목소리가 들려왔다.

"빨리 내려와요. 사다리가 걷힙니다!"

엄마는 서둘러 내려오기 시작했다. 오를 때와는 달리 내려오는 길은 한없이 편안했다. 이윽고 발이 물에 닿는 순간, 악마 같던 그물 사다리가 걷혀 올라갔다. 철커덕, 배의 앵커에서 쇠줄이 분리되었다. 엄마는 아기를 앞으로 돌려 꼭 껴안았다. 작지만 우렁찬 생명의 팔딱거림이 느껴지자 가슴이 터질 듯했다.

"아가야, 네가 있어 내가 산다."

끼~익! 무거운 쇠문이 닫혔다. 그리고 배가 서서히 움직이기 시작했다. 엄마는 중얼거렸다.

'휴, 또 다른 전쟁이 끝났다!'

배의 불빛이 아스라하게 멀어지는 순간까지 엄마는 그 자리를 지켰다. 한줄기 북풍에 아기가 옹크리며 꿈틀댔다. 그 꼼지락거림에 울컥해 엄마는 아기를 으스러지게 안아주었다. 이제 떠난 배에는 딸이, 남은 엄마에게는 소중한 아들이 살아 숨 쉴 것이다. 아기 머리 위로 엄마의 눈물이 방울져 떨어졌다. 흥남부두는 다시 깊은 어둠에 잠겼다.

*

"애가 살아났다!"

"이제야 정신이 들었나 봐."

굽어보는 사람들이 어른거리며 웅얼거리는 소리가 들렸다. 잠깐 기절했던 후남은 먼저 엄마를 찾았다. 자기 옆에도 어디에도 엄마는 보이지 않았다. 그제야 엄마가 배에 타지 못했다는 생각이 들었다. 가슴이 철렁했다. 온몸이 내려앉는 것만 같았다. 그래도 엄마가 어딘가에 있을 것만 같았다. 일어서려다 다시 주저앉는데, 발목이 끊어질 듯 아팠다.

코를 골면서 신음을 내지르고, 배고프다 징징대며 마실 물을 찾는 아이들. 그들을 달래다 지친 엄마들의 목소리가 뒤섞여 갑판 위는 초상집 같았다. 지옥이 따로 없다. 가끔 미군이 지나가면 사람들이 소리쳤다.

"물, 물 좀 주세요!"

어쩌다 한 번씩 미군이 물통을 들고 돌아다녔다. 다가오는 물을 먼저 마시려고 일어서는 사람들 때문에 바닥이 흥건했다. 후남도 통을 잡아 한 모금 목을 축이고 까무룩 다시 잠이 들었다. 잠결에 뒤척이는데 거친 바닥이 등에 배겼다. 어디서 계속 비명과 징징대는 소리가 난다 싶더니 화물선 밑바닥에서 나는 소리였다. 문득 배를 탔다는 안도감에 이어 불안함이 엄습했다. 사람들 소리가 울린다.

"지하 선실에도 사람들이 엄청 나다는데. 우린 행운이야."

사람들이 후남 머리 위에서 웅성거렸다. 물도 한 모금 마시니 이제 살아난 것 같다면서.

"애가 움직이는 게 이제 괜찮은가 봐."

"우리 배가 쟤 하나 때문에 출발이 늦어졌다던데. 짜증 나."

사람들이 슬슬 제자리로 돌아가는 게 느껴졌다. 갑판 바닥 아래로는 철썩이며 부서지는 파도 소리와 그르렁거리는 엔진 소리가 섞여 괴성을 내질렀다. 앉을 자리를 못 잡은 사람이 넘어질 듯 흔들리다 소리쳤다.

"성분 조사도 안 하고 다짜고짜 사람을 태우다니! 우리는 일찍 탔어도 앉을 자리도 없는데."

"무슨 소리요? 부두에서 통행증 받아 엄연히 통과된 건데. 거기는 그것도 없이 배 탔다는 소리네?"

"맞아, 부두에서 검문에 걸려 배에 발도 못 들이고 돌아간 사람도 있어요."

"그딴 것 없어도 우리 같이 반공한 사람들은 남으로 갈 자격이 있어요."

"어디 그걸 증명해 보시라요."

아저씨는 삿대질하며 달려들었다.

"이 배에 탄 게 그 자격 아니고 뭐요?"

"아무렴. 우린 자격이 있어, 남한으로 갈!"

사람들은 소리치며 싸우기 시작했다. 자던 사람들까지 깨어나 합세했다. 말없이 구경만 하던 사람들은 속이 타들어 갔다. 인민군에 부역한 사실이 들통날까 봐 가슴을 조이기도 했다. 그때 군중 속에서 날카로운 여자애 목소리가 들렸다.

"마지막 탄 저~ 애 말인데요!"

손가락질 하나로 사람들 눈이 모조리 후남을 향했다. 후남은 놀라서 벌떡 일어섰다. 다리가 꺾일 듯 욱신거렸지만, 지금은 아프고 말고를 생각할 때가 아니었다.

'사람들이 배에서 나를 기다리다 화가 난 걸까?'

후남은 소리 나는 쪽을 보았다. 그러나 말한 애는 보이지 않았다. 이번엔 다른 쪽에서 목소리가 들렸다.

"그 애 아버지가 인민군 앞잡이로 나갔대요."

사람들은 단박에 죽은 듯 조용해졌다. 그러나 후남 귀에는 성난 벌떼가 달려들 듯 윙윙거리며 다가왔다 멀어지기를 반복했다.

"자진해서 인민군대에 갔대요!"

후남은 그건 사실이 아니라고 소리치고 싶었다. 그러나 자기 말을 믿어줄 사람이 있을까? 할머니가 절대 입 봉하고 살라고 했던 말이 떠올랐다.

'그 말을 한 애가 누구지? 여자애 목소리였어. 우리 집안을 잘 아는 애 같았는데?'

동네 사람들과 친구들 얼굴이 스쳐 지나갔다. 순이, 덕순이, 복자, 그 애들이 이 배를 탔을까? 아니면 학교에서 수군거리던 아이들 가운데 하나일지도 모르겠다. 그런데 비겁하게 얼굴을 나타내지 않으니! 그때 갑자기 사람들이 소리쳤다.

"저 애를 당장 끌어내라!"

"저런 빨갱이와 함께 타면 우리 배가 부정 탄다."

사람들은 지겹던 항해에 웬 구경거린가 싶었다.

"바다에 던지자!"

깡마른 아저씨가 소리쳤다. 그때 철썩이던 파도가 뱃전까지 물살을 뿌렸다. 배가 기우뚱 기울자 사람들이 비명을 지르며 쓸려갔다.

"난 고기잡이배를 타는 사람인데, 어린 여아를 바쳐야 우리 배가 순항할 거요."

사람들은 장단을 맞추며 미친 듯 점점 신이 났다.

"바치자! 바치자!"

깡마른 어부가 슬슬 후남에게 다가갔다. 후남은 피가 거꾸로 솟구치는 것 같았다. 심장이 터질 듯 덜덜 떨렸다. 불현듯 동네 학교에서 열렸던 인민재판이 생각났다. 그때도 그랬다. 사람들이 국군에 합세했다며 반동이라고 어떤 아저씨를 앞세웠다. 그는 죽도록 두들겨 맞고, 사람들은 피를 보고 방방 뛰면서 환호했다. 인민군 만세를 외치면서 죽이라고 소리치던 악마 같던 어른들!

지금도 그때와 똑같은 상황이었다. 그땐 국군에 앞장섰다고 죽이려 들고, 이번엔 인민군에 앞장섰다고 펄펄 뛰고 있다. 이유 없는 분노가 후남을 희생양으로 만들고 있었다. 이윽고 어부가 팔을 걷어붙이며 슬슬 다가왔다. 후남은 뒤로 물러서며 크게 외쳤다.

"저는 아니에요. 저는 죄가 없어요!"

"네 아비가 누구고 어디서 왔냐?"

"흥남에서 왔어요."

"네 아비 이름을 대라고!"

후남은 입을 꼭 다물었다. 사람들이 삿대질하며 소리치다 미쳐 가는 듯했다.

"아버지 이름도 못 대는 게 틀림없이 빨갱이다. 저런 애는 남쪽에 갈 자격이 아예 없어."

"맞아, 저런 애랑 함께 있으면 우리가 불리해진다."

후남은 귀를 막고 눈을 감았다. 그때 "비켜주세요!"라는 목소리와 함께 여자애 한 명이 걸어 나왔다. 커다란 눈을 동그랗게 든 채로, 조용하고 당차게 물었다.

"아저씨, 왜 죄 없는 애를 갖고 그러세요?"

사람들이 웬 낮도깨비냐는 듯 코웃음을 쳤다. 건방 떤다면서.

"저 아이 말을 어떻게 믿어?"

"자기가 아니라고 했잖아요. 쟤는 배에 늦게 탔을 뿐이라고요."

"오, 너 맹랑하구나. 그럼 아까 고발한 애는 뭐야?"

사람들이 두리번거리며 고발한 아이를 찾았지만 흔적도 없었다. 사람들이 귀신에 홀린 거 아니냐며 두런거렸다. 어부가 눈이 큰 아이에게 말했다.

"그럼 넌 누구냐? 네 출신 성분을 증명하면 저 빨갱이를 살려주지."

눈 큰 아이가 침을 삼키더니 결심한 듯 말했다.

"저는 김덕신이에요. 저희 아버지는 김재덕, 덕원 수도원의 집사였어요. 신부님이 단체로 총살당할 때 저희 아버지도 돌아가셨어요."

아이 목소리가 떨리고 있었다.

"아버지는 항상 목숨은 가장 소중한 거라고 했어요. 제 것이 중하니 남의 목숨도 소중한 거죠. 애써서 생명의 배에 구원받은 애를 왜 제물로 바치려는 거죠?"

사람들이 갑자기 쥐 죽은 듯 조용해졌다. 아이는 울먹이며 큰 눈에서 흐르는 눈물을 훔쳤다. 아기를 업은 아줌마가 말했다.

"맞아요, 우리 배는 심청이 제물 안 바쳐도 잘 가고 있잖아요."

사람들이 "심청이 제물!"이라며 웅성거리기 시작했다. 그때 군중 속에서 젊은 청년이 소리쳤다.

"제가 그 아이를 보장합니다. 덕신이 아버지 김재덕 씨는 우리 덕원 마을의 천사였어요. 제가 끼니를 거를 때 도와주었고, 인민재판에 끌려가는 저를 숨겨주었지요. 저는 그분 덕에 지금 이렇게 살아있습니다. 언젠가 은혜 갚을 날을 기다렸는데 드디어 기회가 왔군요. 그분의 착한 딸임을 제가 증명합니다."

흰옷을 입은 아줌마가 등에 업혀 칭얼거리는 아이를 달래며 호소했다.

"살려주세요. 이 배에 탄 모든 아이가 우리 아들딸이 아니던가요?"

사람들이 웅성거렸다. "그래, 죄 없는 애들이 맞아"라면서 여기저기서 말이 터져 나왔다. 어부도 주위를 살피며 슬금슬금 꼬리를 내리자 사람들이 조용해졌다. 갑자기 뱃전에 부서지는 파도 소리만 콰르릉 철썩거렸다. 배가 기우뚱 흔들리자 모두 놀라 주저앉았다. 더러는 허기를 이기려고 한숨 자두어야겠다며 눈을 감았다. 배는 다시 잠잠해졌다. 눈 큰 아이가 후남 옆으로 와서 앉았다.

"괜찮아?"

후남인 여태 가슴이 벌렁거렸다. 대답 대신 고개만 끄덕였다. 그 애가 낮은 소리로 말했다.

"조금 자둬. 사람들이 잠들면 밤에 다시 올게."

후남은 그 아이를 똑바로 바라봤다. 커다란 까만 눈동자에 눈꼬리가 내려앉은 게 순하고 착해 보였다. 그 애가 멀어지는 것을 바라보며 눈을 감았다. 그러나 잠은 천 리나 달아난 상태였다. 아직도 자기를 고발한 여자애 목소리가 들리는 것만 같았다. 도대체 누구일까?

어디선가 소곤거리는 아줌마들 목소리가 들려왔다. 익숙한 함경도 사투리가 후남을 어느새 흥남으로 끌어들였다. 할머니의 분주한 속삭임이 귓가에 들리는 것만 같았다.

"어서 숨어라."

그날도 인민군이 후남네 집으로 쳐들어왔었다. 시도 때도 없이 들이닥치는 인민군 때문에 식구들은 항상 불안하고 긴장해 있었다. 인민군이 나타나면 후남을 제일 먼저 숨겼다. 할머니는 조상신이 도운 거라며, 인민군이 떠난 뒤면 후남을 불러 앉혔다.

"항상 위기에 처하면 조상신께 빌어라. 지성으로 빌면 반드시 들어주시는 분이다."

"네, 할머니."

"남자를 항상 조심해라. 네 아비만 빼고 남자는 다 도둑이여. 더구나 인민군이 얼마나 무서운 놈들인데!"

"알아요."

 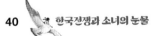

"우리 학교 다닐 적에 일본군에 끌려간 애들은 영 못 돌아왔지. 군인은 다 무서운 거야. 어쨌든 몸조심해야 한다."

전쟁의 불길이 혀를 날름거리며 한반도를 집어삼키고 있었다. 가족에게 더 이상의 나쁜 일이 생기지 않기를 빌며 남은 후남네 가족은 죽은 듯 지냈다. 할머니는 여전히 입버릇처럼 말했다.

"어쨌든 남쪽으로 가야 산다. 전쟁이 끝나면 고향에서 다시 만나는 거야."

*

엄마를 생각하니 가슴 한 귀퉁이가 조이듯 아리다. 엄마 등에 매달려 사다리를 오르던 아기랑 할머니도 보고 싶다. 엄마는 부두에서 집으로 잘 돌아갔을까? 엄마 목에 팔을 걸고 목 놓아 울고만 싶다.

'엄마를 만나도 심청이 제물 이야기는 절대 하지 많을 거야. 걱정하실 테니까.'

남한에 도착하기도 전인데 벌써 고향집 마당이 눈앞에 어른거린다.

마당을 어슬렁거리던 누렁이
꼬리 치며 달려 나와

볼이 닳도록 핥아댈 거야
친구들도 한달음에 달려 나오면
우리 약속 모두 지켜질 텐데
애들 모아 강치기랑 고무줄넘기
동네방네 떠나가라며 맘껏 해야 해

작년 설 창고 어딘가에 모셔두었을
널빤지 찾아내 가마니에 접어 걸고
다가오는 동지섣달 널뛰기 한판

손녀가 너무 빨리 왔다 투덜거릴까 할머닌
아기 젖 먹이다 맨발로 달려 나올 울 엄니
아가야 넌 아장아장 걸어 나오렴.

3
4명의 소녀들

"으앙! 으앙!"

"뚝~ 그쳐라. 계속 울면 저기 저 물귀신이 잡아간다."

낯선 엄마 목소리와 철썩이는 물소리가 들린다. 아, 동생 울음도 아니고 고향도 아니다. 흔들리는 갑판 위다. 콩나물시루처럼 빽빽이 꽂힌 사람들이 흐릿하게 출렁인다.

'그래, 나는 갑판에 던져졌었지.'

배 위에서 내려온 손에 닿자마자 배로 끌어 올려졌던 기억이 난다. 발목이 쑤신다. 여기가 어디일까? 얼마나 더 달려야 남쪽이 나올까. 갑자기 살을 에듯 차가운 바람이 몰아쳤다. 바람은 짠 물방울을 몰고 와서 물안개처럼 온몸을 휘감았다. 찝찔한 물이 얼굴과 온몸을 덮어 쩍쩍 얼어붙는 것만 같았다. 으드득 몸을 떠는데 누군가가 후남 어깨를 잡아 일으켰다.

"신고식을 해야지. 덕신이 덕분에 구~원 받았잖아?"

"그만해."

눈 큰 아이가 눈을 찌푸렸다.

"무슨 소리야? 아직 신고식은 시작도 안 했는데."

단발머리를 한 애가 따졌다. 후남인 계속 눈을 비비며 생각했다. 구~원은 예수 믿는 애들이 쓰는 말인데? 그 단어가 머릿속에 빙빙 도는데 살기 어린 눈동자의 섬광이 무시무시했다.

"야, 엄살녀! 그만 일어나시지."

후남은 눈을 비비며 벌떡 일어나 앉았다. 그 자리로 여자애들 셋이 엉덩이를 들이밀고 쑤셔 앉았다. 그중에는 아까 후남이를 구해 준 눈 큰 아이도 있었다. 누군가가 소리쳤다.

"야, 너 때문에 우리가 앉지도 못하고 이렇게 서 있잖아."

후남은 엉거주춤 일어서다 "아야!" 소리를 지르며 주저앉았다. 단발머리가 주저앉은 후남을 힘껏 밀어버렸다. 후남은 앞에 앉은 아이에게 부딪히며 동네북이 되었다. 단발머리가 소리쳤다.

"내가 네 방석입니까? 눈 좀 똑바로 뜨고 사시죠."

"우리는 네가 배에 탄 순간부터 지켜봤어!"

"엄살을 얼마나 떨던지 다리를 붙잡고 뒹구는 꼴하고는."

떠들던 여자애들이 손뼉을 치며 깔깔거렸다. 옆에 누운 아줌마가 실눈을 뜬 채 구시렁거렸다.

"애들아, 졸려 죽겠는데 제발 좀 자자!"

여자애들은 잠시 멈칫하더니 얼마 안 가 후남이 옆으로 바짝 조여왔다. 곧 아줌마의 코 고는 소리가 갑판을 들었다 놓았다 했다. 단발머리가 혀를 찼다.

"쯧쯧. 저 아줌마 코 고는 소리가 우리 배 떠메 가겠다."

여드름이 가득한 애가 후남을 가리키며 물었다.

"아줌마가 그러거나 말거나. 그런데 거기는 왜 혼자여? 가족은 어디 두고?"

집을 떠나 처음 들어보는 소리. '혼자, 가족…….' 온몸의 힘이 빠졌다. 가족이 없다는 사실에 이렇게 맥이 빠질 줄은 몰랐다. 여드름쟁이가 말했다.

"보아하니 차림새가 방귀깨나 뀌는 집 아이 같은데?"

후남은 두 팔을 들어 자기 저고리를 더듬었다. 침모 아줌마가 솜을 넣어 지어준 도톰한 저고리가 정말 다른 아이들 것과 달랐다. 후남은 입을 더욱 앙다물었다.

"너 말 못 하는 장애우냐? 한마디를 안 하네."

아까 그 눈 큰 아이가 아이들을 달랬다.

"쉿, 조금만 기다려보자."

단발머리가 약이 오른 듯 빈정댔다.

"덕신아, 저 허리에 동여맨 보따리 속에 뭐가 있을지 내기할

45

까? 도망치며 훔친 것들 아닐까?"

큰 눈의 덕신이가 찌푸리며 단발머리에게 말했다.

"그만하시지. 우리 너무 건너짚지 말자."

단발머리가 입을 비죽거렸다. 여드름쟁이가 다리를 건들거리며 말했다.

"우리 지금 너무 배고프거든. 도둑 보따리 좀 풀어보시지."

후남은 자기도 모르게 허리로 손이 갔다. 보따리가 여태 허리에 붙어 있는 게 기적이었다. 엄마랑 함께 먹으려고 아껴둔 거였는데 엄마는 구경도 못 한 채 헤어졌다. 여드름쟁이가 다그쳤다.

"도랑 뛰다 까먹었냐? 우리 배고프다고."

후남은 다시 경계태세로 들어가 허리에 바짝 힘을 주었다. 진땀이 삐질삐질 났다.

"좋은 말로 할 때 순순히 풀어봐. 우리는 배에서 군인이 하라는 대로 봇짐도 다 버렸어. 너 같은 똘마니 한 명이라도 더 배에 태우려고 말이야."

여드름쟁이가 거들었다.

"그러니 신고식을 해야지, 신고식을."

후남은 바짝 긴장했다. 사방에 사람이 꽉 차 튈 곳이 막막했다. 그래도 두 손을 양 허리에 얹으며 일당을 노려보았다. 할머니는 호랑이굴에서도 정신만 차리면 살아난다고 했다. 후남이 계속 버티자 여드름쟁이가 일당에게 눈짓을 보냈다. 후남 뒤에서 입을 틀어 막으며, 다른 손으로 후남 팔을 잡아챘다. 여드름쟁이가 후남의 한 손을 꺾은 채 턱을 쳐올리며 으름장을 놓았다.

"쉿, 소리 지르면 국물도 없는 거 알지."

덕신은 주위를 살피며 후남 허리에서 조심스레 보따리를 풀어 내렸다. 양손을 뺏긴 후남이 허리를 틀면서 용틀임해도 꼼짝달싹 할 수가 없었다. 보따리를 풀던 덕신의 눈이 휘둥그레졌다.

"와, 감사하게도 귀한 소고기라니! 주님의 은총 아니고는 이런 음식을 구경도 못 할 건데. 자, 아~ 해라."

쭉쭉 찢은 소고기 덩이가 아귀 같은 여자애들 입속으로 사라져 갔다. 애들은 껌 씹듯 질정거리며 콧노래까지 불렀다. 후남은 화를 참느라 얼굴이 발개졌다. 소리를 지를 수도, 덤빌 수도 없어서 이만 앙다물었다. 여드름쟁이가 말했다.

"여기에 이밥만 있으면 죽여 주겠다. 덕신아, 보따리 속에서 이밥을 찾아라!"

덕신이 낮은 목소리로 힘주어 말했다.

"매사에 감사할 줄 알아야지. 목하 전쟁 중임을 기억할 것!"

그 말에 아이들이 숙연해지고 여드름쟁이는 입을 비죽거렸다. 덕신이 고기 한 점을 쭉 찢어 후남 입에 넣어주며 말했다.

"덕분에 우리 네 명. 조금 요기는 되었다."

후남은 당장 뱉어버리고 싶었지만, 고소한 고기의 달콤한 유혹을 도저히 뿌리칠 수가 없었다. 화가 치미는데도 음식이 맛있다는 게 수치스러웠다. 꼬박 이틀을 굶은 것 같다. 어쨌든 먹고 보는 거다. 후남은 질겅거리며 고기 맛을 음미했다. 딱딱하게 언 고깃덩이가 입속에서 녹아들며 자아내는 고소한 질감이 최고다. 할머니, 엄마 얼굴이 자꾸 어른거려 목이 메었다.

그러거나 말거나 덕신은 보따리 조사에 한창이었다. 보따리 안쪽을 열어보나 빙그레 웃는다. 추운데도 뭐가 그리 부끄러운지 사과처럼 발그레한 자기 볼에 손을 얹는다. 여드름쟁이가 궁금해 고개를 들이밀었다. 덕신은 보따리를 겨드랑이로 옮기며 눈을 찡긋거렸다.

"지금은 비밀. 나중에 너희들도 알게 될 거야."

보채던 아이들이 체념한 듯 이를 질겅거렸다. 후남도 갑자기 궁금해졌다. 엄마, 할머니가 꼭, 잘, 간직하라고 했는데 무엇이 들어 있기에 그러는 걸까? 엄마랑 함께 고기를 먹었더라면 엄마가 일러줬을 텐데.

"배에서 내리기 전에 한 번 더 나누어 먹으면 좋겠다. 당분간 보따리는 여기 두자."

덕신이 팔 아래로 보따리를 끼며 말한다.

"신고식 끝. 이제 각자 엄마에게 돌아가."

아이들이 만족한 얼굴로 사라졌다. 덕신은, 배에 탄 마지막 사람이라며 후남을 배 위로 끌어 올리던 아저씨가 떠올랐다. 덕신도 사다리를 오르던 그때 생각이 나자 진저리가 쳐졌다. 낙타가 바늘구

멍 통과하기보다 어려운 그물 사다리였다. 그것을 넘어 살았고 승자가 되었다. 세상에 두려울 게 없었다.

아이들은 의기양양해 떠들면서 이곳저곳을 기웃거렸다. 배고프고 불안해서 잠이 오지 않았다. 주위를 살폈고 하이에나의 직감으로 먹이를 찾아냈다. 그 작은 먹이로 만족한 아이들은 이제 곯아떨어졌을 것이다.

후남은 쓰러져 코를 고는 꾀죄죄한 사람들이 불쌍하게 보였다. 자기를 따돌리고 음식을 빼앗은 아이들이 괘씸하지만 가엾기도 했다. 그런데 생각할수록 섬뜩했다.

'아까 나를 죽이려고 한 아이는 대체 누굴까? 우리 집안을 환히 아는 애가 분명할 텐데.'

동네 친구들 얼굴이 머릿속에서 빙빙 돌아간다. 순이, 옥자, 덕순이가 이 배에 탔을까? 금방 신고식을 하고 간 아이들을 떠올려 보았다. 단발머리, 여드름쟁이, 그리고 앞에 앉아 생각에 잠긴 덕신은 더욱 아닐 것이다. 덕신은 더구나 후남을 변호하지 않았던가?

덕신 역시 후남에게서 눈길을 떼지 못했다. 전쟁통에 여자애가 혼자서 움직이다니. 부모를 잃은 걸까, 헤어진 걸까? 그러나 이 아이는 당당하고 겁먹지 않았다. 음식을 빼앗겨도 심하게 반항하지 않았다. 뭔가 비밀을 지닌 단단한 느낌이 드는 아이였다.

'그런데 아까 이 아이를 고발한 애의 정체는?'

고발자는 분명히 이 배 어딘가에 숨어있을 것이다. 바다로 뛰어

들지는 않았을 테니까. 둘만 깨어있게 되자 덕신은 비로소 입을 열었다.

"이름이 뭐야?"

"넌 덕신이지?"

"내 이름 말고 네 이름."

"여후남. 열넷."

후남은 자기도 몰래 나이까지 말해버렸다. 항상 열네 살이 자랑스러웠기에. 그런데 말하고 나니 좀 쑥스러웠다. 그때 덕신이 물었다.

"와 어쩐지. 나보다 한 살 더 많구나. 우리 집은 덕원. 덕원 수도원 옆이었어."

"나는 흥남. 같은 함경도네. 그런데…… 너도 혼자야?"

"아니, 엄마랑. 저쪽에~."

"와, 정말 좋겠다!"

후남은 덕신이 가리키는 쪽을 바라봤다. 덕신 엄마는 아기를 껴안은 채 깊이 잠들어 있었다. 그 모습에 가슴이 막히고 눈물이 솟구쳤다. '엄마, 엄마, 귀남아!'라고 되뇌다 얼른 눈을 끔벅거렸다. 눈물을 보이면 안 된다. 덕신은 그러는 후남의 모습에 가슴이 미어졌다. "정말 좋겠다!"라고 부러워해 주는 솔직한 후남이 좋아졌다. 덕신은 괜히 미안한 마음이 들어 "좋기는 뭐~"라고 얼버무렸다.

덕신이 이야기를 시작했다. 자기 이름은 믿음이 좋은 아버지가 지어주어서 덕원 수도원의 덕 자에 믿을 신 자를 땄다고 했다. 아버지가 영어를 잘해서 덕원 수도원에 온 외국 신부님들의 통역, 서류정리, 관리 등 집사 역할을 도맡아 했는데, 공산당이 북한에 들어오면서 맨 먼저 덕원 수도원부터 공략했다고 말했다.

"사회주의를 지향하는 공산당은 종교를 아편으로 본대. 그러니 종교는 제1 소탕 대상이지."

덕신 아버지는 수도원 신부들이 총살당하는 모습에 가슴이 찢어지는 것 같았다. 총수도원장 레오 신부님이 총에 맞는 순간 참을 수 없었다. 신부님을 향해 달려가던 덕신 아버지 어깨에 총알이 스쳤다. 그 후유증으로 아버지는 얼마 후 세상을 떴다. 같은 날 수도원 허드레 일군이었던 옥분 아버지도 총상으로 죽었다. 그 후 같은 직장에 다니던 남편을 잃은 두 엄마가 이 배를 타게 되었다. 덕신이 말했다.

"수도원에서 허드렛일하던 옥분 아버지도 같은 날 총에 맞은 거야. 엄마는 그날 옥분네도 배에 타는 걸 봤는데 서로 헤어졌어. 사람들이 얼마나 밀어대는지 폭동이라도 나겠더라. 엄마는 옥분네 걱정에 땅이 꺼지는 중이야."

"살아있으면 언젠가 만나겠지."

"제발 만나야 할 텐데."

"아, 공산군이 수도원에 무차별 총격을 해서 신부님들이 엄청 많이 돌아가셨다고 하던데. 그 수도원에서 일하는 아버지 아는 사람이 죽었다는 소리를 들은 것 같아. 아버지는 '사람이 착하게 살아야지 결국 그렇게 갔구나. 무서운 사람이었어'라면서 한숨을 내쉬고, 엄마는 '그 사람에게 우리 후남이만 한 딸이 있대요' 했지. 내가 방으로 들어가자 엄마랑 아버지는 얼른 입을 닫으셨어."

덕신은 뭔가를 생각하는 듯하다가 말했다.

"그럼 우리랑 함께 배를 탄 것 같은데……. 난 별로 친하지 않았어. 걔 엄마가 인민군복을 빨아주고 돈을 번다며 빨갱이라고 무시했어. 항상 왕따였어."

"참 안 됐네."

덕신은 계속 말했다.

"한동안 수도원이 슬픔에 잠겼지. 텅 빈 수도원에서 미사를 하는데 자꾸 눈물이 났어."

"왜 사람들은 편을 나누어 싸우는 걸까?"

"탐욕 때문이겠지. 그것 때문에 같은 민족끼리 끝없이 싸우고 죽이고 있어."

"탐욕이 전쟁을 낳고……. 전쟁은 편이 다른 군인들의 시체를 쌓아 녹이는 불화로래."

"흐흑, 그럼 우리 아버지도 그 무시무시한 불화로의……."

덕신이 흐느꼈다. 둘은 아버지 생각에 가슴이 멍해졌다. 덕신은 곧 옥분의 어두운 얼굴이 떠올랐다. 하기야 옥분 아버지가 죽은 후

옥분 엄마가 이상해졌으니 얼마나 힘이 들었을지. 덕신이 말했다.

"옥분 엄마는 정신이라도 나간 듯 수도원 옆에서 떠나지 않았어. 한동안 남편이 죽지 않았다고 우겼거든. 엄마는 옥분 엄마를 잘 챙겨주었어. 같은 직장에서 남편을 잃었으니 안쓰럽다고 했어. 옥분네에게 함께 이 배를 타자고 설득한 것도 우리 엄마야. 옥분네도 이 배에 탔으니 괜찮을 거야. 그치?"

"그래, 일단 남한으로 가기만 하면 살아날 방법이 있겠지."

덕신이 물었다.

"이 무서운 전쟁이 언제 끝날까?"

"사람들 탐욕이 사라지는 날. 그런 날이 반드시 왔으면!"

후남은 대답하며 주먹을 불끈 쥐었다. 그래야만 아버지랑 가족을 만날 수 있다면서. 둘은 서로 더욱 가까워진 듯한 느낌이 들었다.

"덕신아, 이 배를 타고 이대로 바다를 떠돌 수는 없을까?"

"동감! 하지만 육지는 피 튀기는 전쟁 중일 텐데 우리만 한가하게 딴 세상에서 노는 것 같아서 미안해."

덕신은 어려서부터 수녀가 되는 게 꿈이었다. 독실한 구교 집안이었고, 수도원에서 성경을 읽는 게 큰 즐거움이기도 했다. 그러다 《노아의 방주》를 거의 다 읽었을 무렵 전쟁이 터졌다. 덕신이 말했다.

"우리가 마치 노아의 방주를 탄 것 같아."

"노아의 방주라니? 그게 뭔데? 방주라면 배 같은데."

덕신은 신나서 이야기를 시작했다. 여호와는 싸움과 죄로 가득한 세상을 물로 벌하고자 40일 밤낮으로 비를 내리겠다고 하셨다. 그 홍수가 온 세상을 뒤덮을 것이지만 올바르게 사는 노아에게는 방주를 만들라고 명했다. 그리고 그 배에 노아 가족과 세상 온갖 동물 암수 한 쌍씩을 실어 생존하도록 했다. 후남이 말했다.

"네 여호와 신은 무섭네. 그런데 우리 할머니 조상신도 막강해."

"꼭 무서운 건 아냐. 정의롭게 사는 노아는 구원받았거든."

"그렇구나, 우리 할머니는 조상신께 지극정성으로 빌면 모든 일이 잘 이루어진다고 굳게 믿으시는 분이야."

"맞는 말이야. 하늘은 스스로 돕는 자를 돕는다잖아."

"그런데 동물들이 노아의 방주에선 뺏고 싸우지는 않았을까?"

"글쎄, 그런 이야기는 못 들었는데."

"그런데 우리가 탄 방주는 왜 이 모양일까?"

눈치챈 덕신의 얼굴이 붉어졌다.

"인간이 너무 많이 타서 그렇지. 이건 농담이고, 신고식 일은 정말 미안해. 아이들이 너무 배고파해서 어쩔 수 없었어."

"괜찮아, 텃새라는 거겠지. 할머니 조상신은 항상 나누라고 하셨거든. 사흘 굶어 남의 담 안 넘어가는 놈 없다고 하셨어."

"그럼 장조림 빼앗은 거 용서해 주는 거지?"

후남이 눈을 찡긋하며 고개를 끄덕였다. 덕신이 물었다.

"그런데 언니라고 불러도 돼?"

"좋~지."

후남은 언니라고 다정하게 말하는 덕신이 진짜 동생 같았다. 잘 챙겨주고 싶은 생각이 들었다. 아니 외로움에서 벗어나고 싶은 건 지도 몰랐다.

"물론이지. 이제 우리 화해하는 거다."

둘은 손도장을 꾹 눌렀다. 그때 기적 소리가 뚜~ 울렸다. 그 소리는 뭍을 알리는 소리이자 희망의 찬가였다. 선잠에서 깨어난 아이들이 모두 일어나고 졸던 사람들도 퍼뜩 깨어났다. 너도나도 갑판으로 밀려 나갔다.

"새다. 새!"

아이들이 소리쳤다.

"방주에 파란 잎을 물어다 준 하얀 갈매기다!"

덕신이 소리쳤다.

"흙냄새가 나. 육지에 다 왔다는 표시야!"

피처럼 붉던 하늘이 눈부신 황금색으로 변하고 있었다. 환한 아침이 열리는 신호였다. 그 위로 하얀 갈매기가 우아하게 떠가고, 평화가 물결쳤다. 후남이 갈매기를 가리키며 물었다.

"저 아래엔 고기가 많겠지?"

덕신이 말했다.

"물론 저 물속에는 많겠지. 노아가 방주에 물고기를 실었다는 말은 없으니까."

"그러면 선택받지 못한 물고기에 대해 생각해 본 적 있어?"

후남은 엄마를 떠올리며 그 말을 했다. 딸을 배에 태우기 위해 아기 업은 몸으로 저승사자 같던 무서운 사다리를 함께 올랐던 엄마. 딸이 배에 들어가는 것을 확인한 순간 엄마는 미련 없이 사다리를 내려갔다. 모녀 둘 다 선택받을 수 없는 운명임을 엄마는 이미 알고 있었다.

터벅거리며 부두를 떠나는 엄마의 모습이 보이는 듯했다. 바닷물을 뒤집어쓰지도 않았는데 후남 볼이 자꾸 젖었다. 덕신이 뭔가를 눈치챈 듯 후남 손을 꼭 쥐었다.

"물고기는 방주에 선택받지 못했으나 바다에서 더욱 번성했어. 우리가 여호와의 깊은 뜻을 다 헤아릴 수는 없지. 그분은 분명 다른 더 큰 뜻이 있으셨을 거야. 그러니 너무 슬퍼하지 마."

후남은 고개를 끄덕이며 맘속으로 빌었다.

'그분의 다른 큰 뜻이 우리 엄마에게 꼭 전달되기를.'

"덕신아, 날 구해줘서 고마워."

"언니, 그런 말 하지 마. 사람들이 전쟁통에 미친 거야. 방주의 제물이라니 말도 안 돼."

"그런데 날 고발한 애가 누구인지 전혀 모르겠어."

"언니 집안을 잘 아는 애 같았어. 잘 생각해 봐, 감이 잡히나. 어쨌든 조심하는 게 좋겠어."

이야기하는 사이 아이들이 주위로 모여들었다. 후남과 덕신은 입을 닫았다. 아이들은 저마다 지껄이기 시작했다.

"언제 도착하냐? 이제 배 타는 것도 징그럽다."

"억, 나도 속이 비어 토할 것 같아."

"그놈의 땅은 언제나 나오는 거지?"

불평 소리가 점점 커졌다. 이제 어른, 아이 할 것 없이 다 깨어 움직였다. 버틸 만큼 버텼고 아침이 왔으니까. 아기를 어르는 소리, 쉬~를 시키는 소리, 갑판 앞쪽으로 나가서 싸라고 으름장 놓는 소리가 얽혀 어수선했다. 그 속에서 목청 큰 사람들 소리가 불거져 나왔다.

"뭍이 보인다!"

"육지에 다 왔다!"

"남한이다, 남한!"

사람들이 흥분해 환호성을 내지르고 난리였다. 짐짝처럼 갇혔던 사람들이 갑자기 우왕좌왕하기 시작했다. 짐을 싸는 사람, 벌써 짐을 어깨에 지는 사람, 아기를 등에 둘러업는 사람 모두 여차하면 뛰어나갈 준비 일색이었다. 이미 입구 쪽으로 몰려가는 사람들도 보였다. 어디선가 미군이 나타나 호각을 불어댄다. 제발 앞서서 기다리라는 신호를 보내면서. 이어서 옆의 한국군이 외쳤다.

"배가 항구에 도착할 때까지 차분하게 기다리랍니다. 모두 안전하게 내려드릴 테니 제발 진정하세요."

움직이던 사람들이 서서히 제자리로 갔다. 배에서 내려주지 않을까 불안해하며 말 잘 듣는 아이로 둔갑했다. 후남도 사다리를 올라탈 때의 아귀다툼이 생각나 가슴이 후들거렸다. 또다시 그런 전쟁을 치를까 봐 겁났다. 이제는 '빨리빨리'가 필요 없는 날이 오면 좋겠다.

"빨리빨리 모여라!"

또 빨리빨리다. 깜짝 놀라 돌아보니 덕신이 다가오고 있었다. 왔다 갔다 하더니 어느 틈에 네 명이 다시 모였다. 덕신이 머리를 맞대고 둘러앉자더니 가운데에 고기를 꺼내 놓았다. 다른 사람들 염장 지를 필요 없으니 숨어서 먹자면서. 모두 고개를 숙인 채 음미하듯 고기를 씹었다. 후남도 말없이 따라 했다.

후남은 보따리를 돌려달라고 하려다가 그냥 참았다. 헤어지기 전에 말하는 게 낫겠다고 생각했다. 자기가 보따리를 갖고 있어도 이 사람 저 사람 고기를 다 퍼주었을 게 분명하니까. 할머니가 동네 사람들에게 항상 하던 것처럼. 덕신도 괜찮은 애라는 생각이 굳어졌다. 그때 덕신이 말했다.

"얘들아, 우리는 꼬박 사흘이나 이 피난선에서 생사를 함께했어. 헤어지기 전에 한 마디씩 해봐."

여드름쟁이가 말하려다 멈칫했다. 삐딱하던 모습이 사라지고 진지해진 것 같았다. 몇 날 며칠 생사를 같이했다는 생각에 동지애가 발동한 듯. 덕신이 물었다.

"명숙아, 왜 그래? 너 개과천선했냐?"

"너희들이 친구 해줘서 배에서 두려움을 잊었어. 정말 고마워. 그런데 이제 배에서 내리면 우리는 어떻게 살아갈까?"

단발머리가 말했다.

"고생문이 훤하겠지. 생판 모르는 남한에 가서 버텨야 하니까. 하지만 지독히 추운 북한보다 날씨가 따뜻하니 일단 살기는 수월할 것 같아."

덕신이 말했다.

"맞아, 힘들면 서로 연락하기다. 우리는 피난 동지니까 평생 서로 돕고 살아야지. 절대 헤어지지 말자."

"후남 언니, 장조림 고기는 꿀맛이었어. 우리를 살리는 에너지가 되었어."

아이들도 함께 고개를 끄덕였다.

"우리한텐 먹을 게 아무것도 없었거든. 그 소리 하니 배가 또 꼬르륵거리네."

덕신 말에 모두 입맛을 다셨다. 후남이 말했다.

"나는 아직 잘 모르겠어. 혼자서 잘 살아갈 수 있을지. 전쟁이 끝나면 꼭 고향에 돌아갈 거야."

덕신이 말했다.

"각자 소원을 빌자. 자, 피난선 사총사의 우정을 위하여!"

모두 도원결의라도 하듯 손을 포개고 고개를 숙였다. 파도 소리와 바람 소리가 소란스레 뱃전을 두드린다. 아이들은 마음이 다시 스산해졌다.

"우리가 내릴 곳은 어떤 곳일까?"

"설마 우리를 무인도에 떼어놓으려는 속셈은 아니겠지?"

"농담이라도 그런 소리 하지 마. 수많은 사람을 무인도에 버리려고 배가 개고생하며 여기까지 온 건 아닐 거야."

덕신이 화제를 돌렸다.

"사총사, 내일 점심때 모이자. 신세계의 정착지 탐색전이 필요할 테니까."

"좋아."

"어디서 만날까?"

"쟤 좀 봐라. 지가 거길 다 아는 것처럼 말하는 거 좀 보소."

덕신이 못 들은 척 말을 계속했다.

"방주가 닿는 곳 어때? 우리가 착륙하는 곳 말이야."

덕신 말에 아이들이 손뼉을 쳤다. "방주가 닿는 곳"이라고 꿈꾸듯 중얼거리며 오랜만에 행복해했다. 어딘가에 배는 닿을 것이고, 또 다른 삶이 소녀들을 기다릴 것이다. 덕신이 말했다.

"방주가 도착하면 동물들을 풀어놓겠지."

"그럼, 우리가 동물이란 말이야? 그런데 어쨌든 슬프다."

"왜?"

단발머리가 대답했다.

"동물들이 모두 쌍으로 내려야 하는데 우린 짝 없는 외톨이."

아이들은 슬프다면서도 깔깔거렸다. 단발머리가 후남을 힐끗 보며 말했다.

"안 됐네요. 그대는 가족까지 없으니 찐 외톨이."

후남이 아이들을 바라보며 조용히 말했다.

"걱정들 놓으셔. 우리 가족은 흥남에 모두 잘 계시거든?"

후남은 순간 덕신이 말한 '그분의 다른 뜻'을 생각하며 주먹을 쥐었다. 덕신이 동그란 눈을 찌푸려 말했다.

"그만해. 후남 언니는 씩씩한 데다가 열네 살이니까 잘할 수 있 어. 우리는 열셋밖에 안 되었고."

단발머리가 덕신을 흘겨보았다.

"언제부터 후남이 네 언니였어? 전쟁 때 헤어진 친언니라도 만 났나 보네."

"아니, 애 좀 봐. 무슨 말을 그렇게 해?"

"고기 한 점 얻어먹었다고 그렇게 아부하면 안 되지."

"단발머리, 사람 우습게 만들지 마."

뚜~뚜~.

뱃고동 소리에 덕신은 퍼뜩 일어섰다. 사총사는 기다리기라도 한 것처럼 각자 엄마가 있는 곳으로 썰물처럼 빠져나갔다. 덕신이 가면서도 계속 돌아보며 소리쳤다.

"애들아, 내일 점심때다. 후남 언니, 약속 잊지 마. 내일 만나는 거다!"

후남은 고개를 끄덕이며 덕신을 바라보았다. 몇 날 며칠 동고동락한 놓치고 싶지 않은 고마운 친구였다. '동그랗고 맑은 눈동자를 기억해야지. 느낌이 좋아.' 후남도 사람들 뒤로 다리를 절룩이며 걸어갔다. 그러나 순간 옆으로 비켜서며 수많은 인파가 배에서 빠져나가는 모습을 지켜보았다. 행여나 엄마가 그 속에 섞여 있기를 바라면서.

'사람이 많아서 놓쳤을 수도 있어. 엄마를 계속 찾아야 해.'

후남은 절뚝이며 신바람 난 사람들 속으로 섞였다.

그때 배 뒤에서 네 명의 소녀에게 탐색의 눈길을 번득이는 여자애가 있었다. 특히 덕신네 일당을 놓치지 않고 계속 눈여겨보았다.

"쳇, 지들이 언제부터 언니 동생 사이라고?"

소녀는 입을 비죽거리며 엄마 손을 잡았다. 소녀의 엄마는 구석으로 가더니 귀엣말로 속삭였다.

"들통날 뻔했잖아. 배에서는 무슨 짓을 해도 이득이 안 된다는 사실을 몰랐어."

모녀는 후남과 덕신의 눈을 피해 사람들 사이로 사라졌다. 하이에나 같은 눈을 번득이면서.

4
거제도에서 만난 소년

"와, 드디어 남쪽이다!"

파란 하늘은 끝없이 푸르고, 은빛 바다는 싱싱한 갈치 비늘처럼 물살을 튀겼다. 사람들은 가슴이 벅차 소리를 지를 수조차 없었다. 기쁨과 슬픔이 교차해 엉엉 우는 사람이 즐비했다.

갑판은 물론 지하 선실에서 밀려 나오는 엄청난 사람 물결에 후남은 저절로 배 밖으로 쓸려나갔다. 걸어나가는 게 아니라 둥둥 떠밀려 가는 느낌이었다. 이번에는 배에 올라탈 때처럼 서두르거나 악다구니를 쓰는 사람도 없었다. 사람들은 조용히 그러나 희망에 차 질서를 지키며 이동했다.

종아리를 적시는 차가운 바닷물이 "넌 살았노라. 새 삶을 찾아라"라고 속삭이고 있었다. 사람들은 저마다 며칠 동안 배에서 쌓인 검고 우울한 감정의 찌꺼기를 맘껏 토해냈다. 바다를 향해 한껏 소리 지르는가 하면, 차가운 물 속을 첨벙대며 얼굴에 물살을 맞기도 하고, 파란 하늘을 바라보며 철철 감격의 눈물을 흘리기도 했다. 그리고 공중에 살랑거리는 자유와 평화의 바람을 실컷 흡입했다. 그것은 낯설고 차가웠지만 싱그럽고 향긋했다. 바다로 쏟아지는 하얀 햇살은 눈 부시게 찬란했다.

"와, 흥남하고 너무 다르다!"

"역시 따뜻한 남쪽이 좋아!"

사람들이 환호했다. 성역을 밟는 듯 조심스레 첫발을 내딛는 피난민 행렬이 서서히 그러나 힘차게 움직였다. 아기를 업은 엄마가 한 손은 등에 업은 아기에게 두고, 다른 한 손은 조금 큰 아이 손을 잡은 채 걸어갔다. 엄마 손을 잡은 아이는 아장아장 부화한 지 얼마 안 되는 햇병아리 걸음이었다. 후남은 그 모습에 가슴이 미어지고 눈앞이 뿌예졌다. 그 아기가 볼우물 팬 동생 귀남으로 바뀌어 보였다. 바닥의 붉은 흙이 홍수에 떠밀리듯 여울져 어른거렸다. 그 속에 고향집이 보였다.

"처지면 안 돼."

후남은 절뚝이면서도 고개를 흔들었다. 이를 악물고 정신을 차리자고 중얼거렸다.

피난민 행렬은 낮은 바닷물을 지나 자갈이 박힌 울퉁불퉁한 흙길을 걸었다. 잿빛 둥근 돌이 쌓인 몽돌 해변을 건너고 붉은 흙이 단단한 골목길을 지났다. 그리고 파란 보리가 돌쟁이 꼭지 머리털처럼 성글게 솟은 보리밭 사잇길도 걸었다. 사람들은 함성을 질렀다.

"저 생동감 넘치는 푸릇한 보리밭 좀 보소!"

"이 겨울에 꽁꽁 언 흙을 뚫고 올라오다니!"

"북한보다 빨라요. 역시 남쪽 땅이 좋긴 좋은가 봐요."

후남은 흥남에서 보리밭 밟던 초봄이 떠올랐다. 그 겨울 흰 눈 사이로 뾰족 솟던 파란 보리순이 얼마나 신기했던지! 언 손을 호호 불며 녹은 눈 사이로 꼭꼭 밟던 보리밭. 흰 서리가 떠들썩 밀고 올라온 흙 위를 조곤조곤 밟아줘야 한다던 아버지. 그분은 지금 어디서 떨고 계신 걸까. 여긴 곧 봄이 올 건데. 쪽빛 바다를 가로질러 청보리가 속살거리고 제비가 찾아올 4월이 올 것이다.

한참 걷다 고개를 드니 멀리 벌건 민둥산이 보였다. 그 잿빛 안개 속으로 희미한 겨울 햇살이 간신히 얼굴을 내밀었다. 바다 쪽도 점점 햇살이 숨어버리고, 잿빛 구름이 행진해 온다. 섬의 겨울 날씨가 심하게 변덕을 부리고 있었다. 다시 불안해진 사람들이 한 마디씩 중얼거렸다.

"겨울이라 낮이 짧아서 그래."

"곧 봄이 오면 날씨가 괜찮아지겠지."

"휴, 춥다. 남쪽도 춥기는 마찬가지네."

사람들은 스스로를 다독거리며 우중충한 겨울 포구를 지났다.

넓은 길로 들어서니 간혹 미군이 보였지만, 바쁜 듯 행렬 앞뒤로 오가서 여기가 어딘지 물을 수도 없었다. 행렬을 흘끔거리며 구경하는 아이들이 눈에 띄었다. 코흘리개, 개구쟁이처럼 보이는 시커먼 얼굴의 소년, 저고리 입은 소녀 등 남한 아이들도 그들과 똑같다는 게 신기했다. 남한사람은 뿔이 달렸다고 배웠던 게 생각나 웃음이 나왔다. 얼굴에 때가 낀 남자아이가 우락부락한 피난민 아저씨한테 걸리고 말았다.

"야, 우리가 동물원 원숭이여? 왜 그리 빤히 쳐다보냐?"

아이가 머쓱한지 얼굴을 쓸며 돌아섰다. 한참 걷다 보니 미군 한 명이 옆에서 나란히 걷고 있었다. 누구도 말을 걸지 못하고 있는데, 그 우락부락한 아저씨가 물었다.

"우리 어디로 가는 거요?"

미군이 고개를 갸우뚱거렸다. 아저씨도 미군처럼 고개를 갸우뚱거리며 물었다.

"훼어?"

신이 난 미군이 대답했다.

"오, 장승포 동부 엘리멘터리스쿨."

"나는 훼어밖에 모르는데. 이게 뭐라는 소리지?"

아저씨가 사람들을 돌아보았다. 사람들이 숙덕거리고 쿡쿡 찌르며 웃었다. 얼마 지나지 않아 행렬 뒤에서 말을 전해왔다.

"장승포 동부 초등학교래요. 영어를 잘하는 애가 알려줬어요."

사람들은 재미있어서 들은 대로 전해줬다. 영어를 잘하는 애가 알려줬어요, 라는 말까지 똑같이. 미군은 눈을 찡긋거리며 신이 나서 "브라보"를 외쳤다. 그러다 절뚝거리는 후남을 보더니 "헤이!" 하고 불렀다. 후남이 돌아보았다. 그는 손짓 발짓으로 후남에게 업히라는 시늉을 하며 등을 들이댔다. 후남 볼이 홍당무가 되었다. 바로 그때 할머니 한 분이 급하게 사이로 끼어들더니 미군 등을 찰싹 쳤다.

"미국 양반, 남사스럽게 왜 그러시오?"

등을 얻어맞은 군인이 앞으로 넘어졌다. 두 손을 허우적거리며 엉덩방아를 찧는 척 대자를 그리면서 얼굴이 발개지자, 긴장했던 후남은 한숨을 돌렸다. 이번에는 아저씨가 손가락질하며 소리쳤다.

"당신, 그때 서양 활동사진서 봤던 최고 못난이 어릿광대지?"

사람들이 깔깔거렸다. 미군은 알아듣지도 못한 채 머리를 긁적이고, 꼬부랑 할머니는 허리에 손을 얹고 한바탕 으스댔다. 사람들은 그 모습이 우스워 더 자지러졌다. 일부러 호탕하게 웃어 본다. 군인에게 농을 걸다니 그것도 미군에게. 오랜만에 맛보는 해방감이었다. 누군가가 물었다.

"그러니까 우리가 온 곳이 장승포라는 곳이네요?"

"그럼 포구라는 뜻인데 육지가 아니라 섬이라고?"

"육지면 어떻고 섬이면 어때요. 지금 이렇게 살아있는 게 고맙지요."

"맞아요, 땅만 밟으면 되는 거지요."

조용히 있던 어르신이 말했다.

"아까 배에서 하는 말 들었소. 이곳은 제주도 다음으로 큰 섬인 거제도래요. '제'는 구제한다는 뜻이 있어서 '가난이나 위난에서 구제하는 섬'이라는 이름이라고 해요."

누군가가 소리쳤다.

"오호, 말이 씨가 되었네요. 우리가 그런 섬에 오게 되었다니!"

"저기 보세요. '동부학교'라고 쓰여 있어요."

집들이 나타나자 사람들이 흥분했다. 아저씨, 아줌마, 어르신, 엄마 손을 잡은 꼬마까지 모두 서둘러 걷기 시작했다. 집에서 떠난 지 얼마 만인가? 학교가 보이다니 사람이 사는 동네에 온 게 확실했다. 살았다는 게 꿈만 같아서 팔을 꼬집어본다. 그러나 학교 앞에 다다르자 행렬이 멈춰 서버렸다. 줄이 앞으로 나가지 않자 뒷사람이 앞에 대고 뭐 하느냐고 아우성인데, 앞에서 함성이 터져 나왔다.

교사 안에서 누군가가 확성기를 사용해 말하고 있었다. 거제도에 온 것을 환영한다는 소리라고 앞사람이 전해줬다. 내일 10시에 임지를 배정한다는 말도 알려줬다.

"밥이다, 밥!"

사람들은 밥이라고 중얼거리며 눈물을 글썽거렸다. 바지저고리를 입은 아저씨는 짐 속에서 밥사발과 숟가락을 꺼내 부딪치고 소리를 냈다. 덩실거리며 춤까지 추어댔다.

"울 어머니가 이걸 아시고 짐 속에 꽁꽁 넣어주셨지!"

"최고다, 최고!"

사람들은 부러워하면서 저마다 행복해했다. 행렬이 앞으로 움직일수록 밥 냄새가 진해졌다. 아, 며칠 만에 맡아보는 밥 냄새인가? 앞쪽 사람들이 전했다.

"줴기밥이래요!"

사람들은 감격해서 눈물을 훔치기도 했다. 후남도 허기가 몰려오며 멍울이 앉은 듯 목이 메었다. 들큰하면서도 졸깃하고 비릿한 줴기밥 냄새에 오장이 출렁댔다. 눈을 감고 밥맛을 느끼며 따라가다 후남이 균형을 잃고 말았다.

"아얏!"

후남이 교실 문턱에 걸려 흙바닥에 털썩 넘어졌다. 뒤에 서서 따라오던 아저씨가 서둘러 후남을 앞질렀다. 아저씨 뒤로 사람들이 줄줄이 움직였다. 후남은 엉거주춤 자리만 막는 꼴이 되었다. 사람들이 한 번씩 힐끗거리고 지나가며 소리쳤다.

"야, 왜 길을 막고 난리냐?"

"줴기밥 다 떨어지면 어쩌라고?"

그때 누군가가 손을 내밀었다. 후남이 고개를 들자 남자애가 서 있었다. 볼에 검댕이 묻은 그 아이가 말했다.

"잡아라!"

후남이 그 아이 손을 무시한 채 일어서려고 안간힘을 썼다. 아이가 말했다.

"사람들이 다니는 길이라 얼른 비켜줘야 해."

주위를 둘러본 후남은 자기가 한가운데 통로를 막고 있다는 걸 깨달았다. 겨우 일어섰으나 시큰거리는 발목으로는 더 걸을 수가 없었다. 소년이 이번에는 어깨를 내밀었다.

"잡아라."

소년의 말이 떨어지기도 전에 후남이 중심을 잃고, 소년의 어깨에 쓰러졌다. 소년도 놀라 후남 팔을 잡아 세웠다. 둘 다 얼굴이 발개져 잠깐 마주 보았다. 소년이 고개를 돌리며 말했다.

"괜찮다. 넌 아프잖아."

후남은 소년에게 기댄 채 겨우 구석 벽에 기대어 앉았다. 후남을 내려놓은 소년은 어디론가 바삐 사라졌다. 소년이 사라졌는데도 그의 검댕 묻은 얼굴이 떠올라 후남은 쿡 웃었다. 소년과 닿았던 어깨를 한 번 쓸어보았다. 가슴이 두근거렸다. 발개졌던 소년의 얼굴이 자꾸 떠올랐다.

한숨을 돌리며 강당을 죽 둘러보았다. 사람들은 혼이 빠진 듯 먹는 데 열중하고 있었다. 가족끼리, 업었던 아기를 내려놓은 채, 혹은 모르는 사람끼리 둘러앉아 거대한 인파가 줴기밥을 먹는 모습은 장관이었다. 겨울인데도 흰옷에 팔을 걷어붙인 아저씨 아줌마들이 줴기밥을 담은 바구니를 들고 분주하게 오갔다. 팔에 완장을 찬 남자가 들어오더니 말했다.

"어린이와 노인, 그리고 병약자는 교사에 남으시고, 젊은이들은 거처를 옮겨주세요."

먼저 밥을 먹은 남자들이 서서히 일어섰다. 아쉽다는 듯 아기와 엄마를 계속 뒤돌아보며 나갔다. 남한에 온 첫날 밤 가족끼리 등 붙이고 잘 만한 장소가 없는 게 한이었다. 어떻게 한 탈출인데.

"교실 대여섯 개가 발 디딜 틈 없이 꽉 들어찼나 봐."

"이 수가 다 누워 자기엔 턱없이 부족하고만."

"여기도 흙바닥이라 짚단을 찾아 자는 것도 괜찮겠어."

"어느 집 부엌 한 귀퉁이나 볏짚단 신세를 지는 게 좋겠다."

내일 만나자며 아저씨랑 젊은 청년들이 줄지어 나갔다. 그 뒤를 후남만 한 남자애들도 따라갔다. 더 큰 언니들이나 후남 또래의 여자애들은 서서 망설이다 다시 주저앉았다. 갑자기 덕신이가 생각났다. 생판 모르는 남한에서 유일하게 아는 사람이었다. 그러나 아무리 둘러봐도 덕신을 찾기는 하늘의 별 따기만큼이나 어렵다. 발이 아프니 더 꼼짝할 수가 없었다.

밥을 늦게 받은 사람들은 아쉬워 조금이라도 먹는 시간을 늘리고 싶은 듯했다. 한 톨 한 톨 씹으며 처음 맛보는 신기한 음식인 양 오물거리며 진지하게 먹었다. 강당 전체가 �줴기밥 먹기 의식을 수행하는 거대한 행사장 같았다. 후남이 정신없이 그것을 지켜보는데 목소리가 들렸다.

"대봉아, 어서 주먹밥을 집어 주지 않고 뭐 해?"

커다란 바구니를 든 아저씨가 후남 쪽을 보며 말했다. 후남은 퍼뜩 고개를 들었다.

'아, 저 애가 대봉이구나!'

귀밑까지 내려온 벙거지 털모자를 쓴 남자아이가 쥬기밥을 내밀었다. 둥그런 밥에서 모락모락 하얀 김이 솟았다. 아이가 말했다.

"먹어!"

쥬기밥을 받는 순간 아이의 터진 손등으로 눈이 갔다. 아이와 눈이 마주쳤다. 커다란 눈이 맑고 순해 보였다. 아이가 눈치채고 부끄러운 듯 쥬기밥을 다른 손으로 옮겨 들었다. 그쪽 손등도 역시 터진 채 벌겋다. 털모자 사이로 볼에 묻은 검댕이 보여서 후남은 배시시 웃었다.

'아까 그 소년이 돌아온 거네!'

소년이 물었다.

"왜 웃어?"

후남은 대답 대신 소년의 볼을 쳐다보았다. 눈치챈 아버지가 손으로 쓱쓱 아들의 볼을 문질렀다. 새벽부터 주먹밥 만든다고 세 차례나 밥을 지었는데, 그때마다 아들이 군불을 때다 이 모양이 되었다며 혀를 찼다. 소년이 아버지 앞으로 나섰다.

"아버지!"

"울 아들은 군불 때는 선수야!"

아들이 아버지를 밀었다. 그가 떠밀려 가면서 말했다.

"대봉아, 어서 가자. 바구니를 비워야지."

"네, 아버지."

아버지는 벌써 다른 곳으로 이동하고 있었다. 아버지를 따라가던 소년이 갑자기 돌아오더니 후남 손에 소금 한 꼬집을 쥐여주며 말했다.

"앞으로 필요할 거다."

가다 다시 돌아보며 말했다.

"그리고…… 발을 자꾸 주물러 줘라."

소년은 부끄러운 듯 말하고는 뛰어갔다. 후남은 눈물이 쿡 솟았다. 가슴이 뭉클했다. 소년이 시야에서 사라지자 주먹밥을 한 입 베어 물었다. 사흘 만에 먹어보는 밥이라 반갑고 또 반갑다. 밥은 간간하고 따뜻했는데도 멍울이라도 걸린 듯 목이 막혔다. 지나가던 아줌마가 말했다.

"소금간이 부족하지? 내일 아침 소금을 얻으러 나가렴."

"소금요?"

"피난 와보니 제일 중한 게 소금이더라. 피난민이고 포로고 수천 명이 쏟아져 들어오니 이 섬에 소금이 모자라 큰일이야. 피난민 아이들이 아침마다 소금사냥을 나간단다."

후남은 고개를 끄덕이며 강당을 돌아보았다. 누워서 훌쩍이는 사람도 보였다. 어깨가 흔들리는 저 할머니는 무슨 생각을 하는 걸까. 곧 고향에 돌아갈 생각을 하는 거겠지. 제발 전쟁이 빨리 끝나야 할 텐데.

후남은 나머지 주먹밥을 천천히 먹기 시작했다. 소년이 준 남한에서 처음 맛보는 밥이다. 엄마랑 동생이 생각났다. 소년의 맑고 순한 눈동자가 떠올랐다. 밥은 차갑지도 뻑뻑하지도 않은데 자꾸 목이 막혔다. 소금이 후남 손바닥에서 하얀 눈꽃처럼 녹고 있었다.

5
소금사냥

"와, 또 쉐기밥이에요. 소금 장국까지 준대!"

밖에서 뛰어 들어오던 청년이 지르는 소리에 잠이 깼다. 밤새 차가운 새벽공기에 새우처럼 옹크렸던 몸을 일으켰다. 그래도 얼음장 같은 바닷바람이 몰아치던 갑판과는 천지 차이여서 한숨 잤던 것 같다. 며칠 만의 단잠이라 발의 통증이 거의 가라앉은 듯했다. 조심스레 일어서서 걸어보니 걸을 만한 게 마술 같았다.

잠에서 깬 사람들은 아침 먹을 기대에 젖어 서성댄다. 단 꿀을 발견한 일벌들처럼 바삐 허둥대면서. 오늘로 배급하는 밥은 끝난다고 했다. 여자들은 앞으로 먹을 게 없어 걱정인데, 남자들은 총타령이었다. 고향에서 밤마다 들리던 총성이 안 들리니 뭔가 허전

했다며 떠들어 대고 있었다. 후남은 총소리가 뭐 그리 좋을까 의아했다. 그때 막 교실 안으로 아저씨, 아줌마들이 들어왔다. 그중 면사무소 소장이라는 분이 앞에 서서 환영사를 외쳤다.

"이 추위에 자유를 찾아 긴 항해에 몸을 던진 여러분들, 정말 애쓰셨습니다. 제가 첫날에도 왔었지만 이제 여러분이 좀 적응했을 테니 정보를 드리러 왔어요. 머나먼 북쪽 흥남항에서 이곳 남쪽 장승포항까지 오신 여러분을 다시 한번 환영합니다!"

소장과 함께 온 거제 아줌마 아저씨들이 손뼉을 쳤다. 교실에 있던 사람들도 덩달아 손뼉을 쳤다. 거제 아줌마들이 말했다.

"어제도 바다 멀리서 수많은 까만 점이 밀어닥치지 않았겠어요? 까만 점이 다가오는 게 거북이 새끼니 아니니 하면서 동네 사람들이 말싸움까지 했다니까요."

"맞아요, 바다에 무슨 천재지변이라도 생겼나 했어요."

"수천의 포로가 실려 와 거제로 올라온 거였지요. 그런데 여러분이 탄 배가 온 날은, 피난선이 자주 왔어도 배가 이렇게 많은 사람을 풀어놓은 건 처음 봤어요."

소장 아저씨가 말했다.

"어쨌든 잘 오셨소."

북한에서 온 아저씨가 말했다.

"아, 우리가 떼 지어 몰려와 거제섬이 가라앉지 않을까 겁나는데요. 허허."

"그래서 아침 식사를 간단한 주먹밥으로 챙긴 겁니다."

"아, 이렇게 단어가 다르군요. 북한에서는 쮀기밥이라 하는데."

소장이 말했다.

"쮀기밥, 주먹밥 다 좋습니다. 그 주먹밥 덕분에 북한군과 한국군 최고 격전지 중 하나인 다부동 전투에서 우리 국군이 승리했지요. 민간인들이 그 높은 산악지대를 지키는 군인들을 먹이기 위해 자기 집 쌀을 마지막 한 톨까지 다 털었대요. 그걸로 주먹밥을 만들어 지게로 그 산꼭대기까지 날랐다니까요. 그 주먹밥이 배고픈 군인들을 일으켜 전투에 이기는 큰 힘이 되었어요. 결국은 북한군을 몰아내고 승리할 수 있었습니다."

"아, 주먹밥 힘이었군요. 빨리 전쟁이 끝나고 다부동 산꼭대기에 가 그곳의 정기를 받고 싶습니다."

북한 아저씨가 거수경례까지 붙이자 소장은 주먹을 불끈 쥐어 답했다.

"그럴 날이 반드시 올 겁니다."

북한 아저씨가 말했다.

"육지에서는 전쟁이 한창인데 여기는 이렇게 평화로운 게 감사하면서도 한편 죄송스럽습니다."

"어쨌든 여기서 열심히 삶의 터전을 일구시면 됩니다. 사람은 저마다 다른 사명을 지니고 태어났으니까요. 오늘 그 이야기를 하려고 왔습니다."

소장은 간단히 거제를 소개했다.

"아침 식사 후 10시에 교정에서 피난민에게 살아갈 임지를 배정합니다. 거친 산과 다랑논은 많지만 당장 몸 붙일 자투리땅이 그나마 남아 있어 다행이에요. 언 땅이 조금씩 풀리면 집을 지어보길 바랍니다. 벌써 천막 자투리를 모아 집을 지으려는 부지런한 사람도 있어요."

사람들이 손뼉을 치고 기뻐했다. 소장은 계속 말했다.

"이곳엔 토박이 말고도 수십 채의 막사에 전쟁 포로들이 생활하고 있어요. 육지에서 전투 중에 잡힌 북한군과 중공군 그리고 의용군 병사들을 데려와 수용하는 곳이지요. 산야 여기저기 죽 늘어선 수용소 철조망이 늘어나는 것을 보면 전쟁이 갈수록 심해짐을 실감합니다. 지금 더 많은 수용소를 건설 중이며, 유엔에서는 전쟁포로들을 더 많이 수용할 예정이오. 막사 터를 고르는 작업에 인부가 필요하니 그곳에서 새로운 일자리를 찾을 수 있을 거요. 평화와 구원의 땅인 거제에서 동포들이 새로운 삶을 잘 일구길 빕니다."

이번엔 북한 쪽 아저씨가 답했다.

"정말 고맙습니다. 우린 너무 많이 인민군에게 뺏기고 휘둘려서 이제 내 것이란 개념조차 없는 사람이 되어버렸어요."

"어쨌든 배정된 임지를 잘 가꾸어보세요."

거제 아줌마가 말했다.

"약소하지만 어서 아침들 드소! 아이 어른 할 것 없이 울 동네 사람이 총동원되어 만들었어요."

피난민 아줌마들이 말했다.

"정말 고맙습니다."

"고맙긴요. 우리가 한 나라 한 민족 아닙니까? 서로 도와야지요."

사람들은 가슴이 찡한 채 아침을 먹었다. 뜨뜻한 장국까지 차려준 아침은 진수성찬이 따로 없었다. 금강산도 식후경이라는 할머니 말이 생각나 후남도 부지런히 밥을 먹었다. 그러나 아무리 쥐기밥 배급하는 사람들을 훑어봐도 대봉은 보이지 않았다. 오늘 아침엔 다른 교실에서 배급하고 있는 건지도 모른다. 그때 옆 아저씨가 기분 좋게 흥얼거렸다.

"캬아~, 좋구만. 쥐기밥에 소금국 없으면 팥소 없는 찐빵~!"

배 속이 뜨뜻해진 사람들은 이제 살 것 같았다. 멀건 소금국이건만 며칠 만에 속이 개운한 게 힘이 솟았다. 산과 다랑논으로 가득한 땅을 어림짐작해 보며 어디가 자기 땅이 될 것인지 걱정과 희망이 교차했다. 잠시 후 거제민들이 떼를 지어 들어와 사람들과 어울려 이야기했다. 옆에 있는 다른 네댓 개 교실에도 피난민들이 꽉차 있었다. 후남도 귀를 곤두세웠다. 이제 혼자 살아야 하니 모든 정보를 잘 입력해야 하니까. 더러 토박이 아저씨, 아줌마를 따라 짐을 싸 들고 가는 사람들이 있었는데, 의기투합한 사람들이었다. 헛간이나 부엌에서 기거하면서 흙집이나 천막집을 지을 궁리를 하는 거였다. 추위에 어디서 지낼지 걱정하면서 무작정 혼자 밖으로 나가는 사람들도 있었다. 어른은 어른끼리 아이들은 아이들끼리 살아갈 궁리를 하느라 바빴다.

흥남을 탈출할 때 한 사람이라도 더 배에 태워야 한다고들 했었다. 사람들은 수레, 지게, 들것, 양식 보따리 다 버리고 몸만 탔다. 악착같이 짐을 챙긴 사람들을 보니 화도 나고 부럽기도 하다. 후남은 바보 같은 짓을 한 자신이 후회스럽기도 했다. 물에 버린 심이 아깝다. 할머니가 싸준 장조림 보따리도 아직 못 찾았다.

후남은 일어서려다 발이 욱신거리는 듯해 멈췄다. 첫날 대봉이 하던 말이 떠올랐다.

"발을 자꾸 주물러 줘!"

그 애가 어른스럽게 굴던 생각이 나 싱긋 웃었다. 그러다 갑자기 걱정이 생겼다.

'대봉이는 여태 내 이름도 모르잖아?'

그 아이를 어디서 언제 만날 수 있을까. 나중에 만나도 얼굴에 검댕을 칠하고 있을지, 벙거지 털모자를 벗은 얼굴을 알아볼 수 있을지도 걱정이다. 에잇, 그런 걱정은 일단 걷어치우자. 간밤에 편히 쉰 덕에 발이 한껏 나아졌다. 탈출에 성공했다는 안도감 때문이겠지. 후남이 막 줴기밥을 베어 무는데 젊은 아줌마가 다가왔다. 팔을 걷어붙인, 씩씩해 보이는 여자였다.

"혼자냐?"

아무 말도 안 한 채 후남은 먹던 걸 멈췄다. 아줌마가 말했다.

"너 같은 고아들이 제법 많구나. 밥 얼른 먹고 밖으로 가봐."

후남은 고아라는 말이 자꾸 걸렸다. 그러나 아줌마가 좋은 정보를 주는 듯해 그런 서운한 것은 신경 쓰지 않기로 했다.

"애들이 모여 소금사냥 간단다."

"네?"

"따라가 보면 알아. 내가 나중에 팔아줄게."

"......?"

"아이구, 머저리 아가씨. 소금이나 모아와. 그리고 너 같은 고아들은 교실이 임시숙소가 되니 이리로 돌아오고."

또 고아라고 했다. 하기야 아줌마 말이 틀린 것도 아니었다. 괜찮아. 세상에 처음부터 고아는 없지. 부모가 있고 가족이 있기에 고아라는 이름도 생겼을 테니까. 후남은 강해져야 한다고 몇 번이고 스스로 다그쳤다.

소금국을 한 모금 마시고 쿼기밥을 먹으니 훨씬 밥이 잘 넘어갔다. 어제, 그제보다 엄청 맛있게 먹었다. 아, 이래서 소금이 필요한가 보다. 소금이 귀하니 아껴먹자던 엄마 말이 이제야 와닿았다.

밖으로 나서다가 갑자기 저고리 속 돈주머니 생각이 났다. 여태 그걸 잊고 있었다니! 하기야 후남은 혼자서 물건을 사본 적이 없었다. 그러니 돈이라는 것을 알 턱도 없었다. 행여 혼자 따로 떨어지면 굶을까 봐 할머니는 돈을 길쭉한 헝겊에 싸서 저고리 말기에 꿰매주었다. 그걸 잘 여미고 밖으로 나갔다.

교실 밖에는 이미 크고 작은 남자애, 여자애들이 옹기종기 모여 있었다. 행여 덕신도 있는지 찾아보았으나 보이지 않았다. 고아만 가는 곳인지 의심이 들었지만 알 수는 없었다. 대장인 듯한 남자애가 손짓하자 모두 모였다.

"오늘 소금사냥은 계룡산 기슭의 집들이다. 처음 보는 얼굴도 있는데 모두 행운을 빈다."

대장이 눈을 찡긋하며 후남에게 특별 신호를 보냈다. 헌칠한 키에 얼굴이 말끔한 게 이곳 아이들과는 달라 보였다. 후남은 얼굴이 붉어지고 눈길을 둘 데가 없어 쩔쩔맸다. 대장이 물었다.

"넌 새내기 같은데 이름이 뭐냐?"

대장은 답할 시간도 안 주고 계속 말했다.

"우리의 모토!"

대장은 미군에게 주워들은 '모토'라는 영어를 썼다. 큰 아이들이 대답했다.

"측은지심 유발!"

"오케이, 동냥질할 때 모토는?"

"가능한 한 찌질하게 보이기!"

작은 아이들이 합창했다. 대장과 아이들은 한두 번이 아닌 듯 죽이 척척 맞았다. 대장이 출발하라고 명령했다.

"네, 큰형님!"

대장이 앞장서고 아이들이 뒤를 따르기 시작했다. 후남은 되도록 대장에게서 멀리 떨어져서 걸었다.

'나보다 나이가 많아 보이는 남자는 일단 경계해야 한다. 할머니 말처럼 속에 능구렁이가 들었을지도 모르는 일이니까. 그런데 아줌마가 소금사냥이라고 했는데 동냥질이라니!'

후남은 이런 동냥질은 처음이었다. 구걸하려면 누구에게 어떻게 말을 붙여야 할지 걱정이 태산 같았다. 문전박대당하는 건 아닐까 두려웠다. 그러나 이제 혼자서 살아가야만 한다. 아이들이랑 떼 지어 다닌다고 하니 이참에 용기를 내야겠다.

평탄한 자갈길을 지나 언덕길로 들어섰다. 그 위로는 민둥산이었다. 겨울 가뭄에 쭉정이 나무들이 붉은 흙 사이로 드문드문 서 있었다. 가끔 흘깃거리며 피난민을 바라보는 아이들을 지나치니 마을이 나왔다. 소나무 움막집도 보였고 초가집도 보였다. 기와집이 나타나고 비석도 있었다. 후남은 비석이 궁금해 그 앞에 멈췄다. 어느새 대장이 다가왔다.

"밤이면 여기가 일본 귀신이 출몰하는 곳이야."

후남은 일본 이름이 잔뜩 새겨진 비석을 보며 몸을 사렸다. 대장은 그러는 후남을 힐끗 쳐다보았다.

"무섭지? 하지만 걱정하지 마. 내가 있잖아. 일제 강점기 때 거제가 제일 잘 나가는 일본 기착지였거든. 일본사람들이 물 좋은 생선을 엄청나게 잡아가고, 조합도 만들며 대장질하고 살던 동네야. 죽으면 저기 공동묘지에 뼈를 묻었대. 거제가 좋기는 좋은 섬인가 봐. 자기네 나라로 돌아가지 않고 비석을 세워 찰떡처럼 붙어 있는 걸 보면."

"찰떡처럼……."

후남은 할아버지와 아버지가 다니던 흥남 비료공장이 떠올랐다. 그것도 일본 공장이었던 게 생각나 움찔했다.

"아가씨!"

후남을 부르는 소리에 깜짝 놀랐다.

"첫날부터 이럴래? 군기가 빠져서 문제가 심각한데."

'기분 나쁘게 아가씨는 무슨?'

후남은 퍼뜩 정신이 들어왔다. 대장이 아이들을 한 줄로 세우더니 한 집씩 구걸할 대상을 지정해 주었다. 더러는 소금을 받을 작은 공기를 가지고 벌써 종종걸음 치기도 했다. 후남은 움막집을 지정받고 망설이며 서 있었다.

대장이 다가오더니 후남 귀에 은근하게 속삭였다. 더운 입김이 차가운 귓불을 훅 스치고 지나갔다. 놀라서 주춤 뒤로 물러섰으나 대장은 계속 달라붙었다.

"잘 얻어 봐. 소금이 모이면 팔아서 남한 돈을 구할 수 있거든. 근사한 옷도 사고 떡이랑 엿이랑 맛난 것도 사 먹을 수 있는 거 알아?"

후남 대답을 듣기도 전에 대장은 아름드리 큰 나무 아래를 가리켰다.

"저곳이 우리 아지트다!"

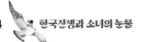

아지트라니? 후남은 처음 듣는 말에 고개를 갸우뚱했다. 대장이 미군에게서 배운 영어라고 자랑하며 소리쳤다. 거제수용소는 음식이 넘쳐나고, 미국 원조물자인 허쉬 초콜릿, 아이보리 비누, 말보로 담배, 더블민트 껌이 판친다고 했다. 모두 처음 듣는 영어라 신기하기만 했다.

"좀 지나면 이곳이 얼마나 천국인지 알걸. 육지에서는 구하기 힘든 물건이 천지야."

'대장은 대단하다. 벌써 그런 것을 다 알고 있다니!'

딴 세상 이야기처럼 들렸다. 아이들이 "소금 좀 주세요!"라고 외치는 소리에 후남은 자기가 할 일이 떠올랐다. 벌써 소금을 얻어 아지트 쪽으로 돌아가는 아이도 보였다. 집 앞에서 불러도 대답이 없자 초가집 사립문을 열고 들어가는 아이, 나무문을 두드리는 아이, 움막집 천막을 들춰보는 아이 등 가지각색이었다. 대장이 말했다.

"헤이, 그대도 오늘 작업 서둘러 시작해 보시지."

후남은 어정쩡하게 움막집 앞으로 다가갔다. 소금 달라는 소리가 차마 입 밖으로 나오지 않아 어물거렸다. 마음속으로는 소금을 달라고 구걸해야만 한다고 다그치면서. 안쪽 마당을 들여다보니 그곳은 마치 버려진 공터 같았다. 얼기설기 맨 빨랫줄에 시커먼 군인 옷 두어 벌이 허수아비처럼 덜렁거렸다. 그것은 겨울 해풍에 얼었다 녹기를 계속한 황태처럼 딱딱해 보였다. 얼어 터진 흙바닥에는 커다란 가마솥이 두 개나 걸려 있고, 헛간 옆으로는 마른 땔감이 후남의 가슴 높이로 쌓여 있었다. 가마솥 아래는 타다만 잿빛 나뭇재가 그득했다.

"야, 남의 집을 왜 그리 들여다봐?"

카랑카랑한 아줌마 목소리가 후남을 깨웠다. 후남은 놀라 버벅거리며 뒷걸음질 쳤다.

"너, 소금 얻어갈 생각은 꿈도 꾸지 마. 우리도 소금을 사대느라 허리가 휜다. 옷 염색할 때 소금이 얼마나 많이 들어가는데. 전쟁통이라 소금값이 금값이라고."

아줌마가 가마솥 뚜껑을 열며 말했다.

"너도 구걸만 하러 다니지 말고 일을 해, 일을. 우리 섬에 할 일 많아."

그녀는 뒤도 돌아보지 않고 헛간으로 들어갔다. 후남은 오도 가도 못한 채 뒤를 돌아보았다. 대장이 돌아오라고 손짓했다. 바로 그때 움막의 거적을 젖히며 남자애가 나왔다. 헛간 쪽을 살피며 가까이 다가오더니 후남 귀에 낮은 목소리로 속삭였다.

"엄마에게 들키면 안 돼. 어서 이것 갖고 가."

소년이 작은 주머니를 건네주며 후남 어깨를 밀었다. 후남은 엉겁결에 그걸 받아 들고 대장 쪽으로 갔다. 대장은 호주머니에 손을 넣은 채 건들거리며 휘파람을 불고 있었다. 그때 헛간 쪽에서 외치는 소리가 들렸다.

"대봉아! 여기 불 좀 지펴라!"

후남은 깜짝 놀라 움막 쪽을 돌아보았다.

'대봉이닷!'

앞마당 쪽으로 그림자가 휙 움직인 것 같았으나 이미 대봉은 보이지 않았다. 후남 손바닥에 소금 한 꼬집을 꼭 쥐여줬던 그 소년! 그 아이가 오늘은 아기 좁쌀베개만 한 소금 주머니를 안겨주었다. 엄마한테 들키면 어쩌려고. 후남은 가슴이 콩닥거렸다. 그 애가 준 소금 주머니를 꼭 안고 볼을 비볐다. 얇은 무명 주머니 사이로 까슬한 소금 감촉이 정겹고도 신기하다. 기분이 좋아져 느긋하게 눈을 감았다.

"그대의 최초 소금 사냥 성공! 나한테 그거 반만 바치면 돼."

능글맞은 대장 목소리다. 후남은 퍼뜩 고개를 들고 뒷걸음질 쳤다. 절대 뺏기고 싶지 않았다. 대장이 건들거리며 다가오면 다가올수록 후남은 더 후퇴했다. 거리가 점점 좁혀들고 있었다.

"이리 내놓으시지."

대장이 위협하며 점점 다가왔다. 후남은 소금 주머니를 안은 채 계속 뒷걸음질 쳤다. 뒤를 보니 더는 후퇴할 여지가 없는 절벽 쪽이다. 달려든 대장 얼굴이 후남 얼굴과 맞붙을 찰나였다.

"도와주세요!"

소리를 질렀는데도 소리는 나지 않고 입가에서만 맴돌았다. 제발 꼬마들이라도 달려들어 구해줬으면! 아이들은 지금 이 게임을 즐기는 듯한 눈치였다. 모두가 한 번씩 당해본 장면이라는 듯. 대장이 내뿜는 눅진한 입김이 후남 귓불을 스쳤다. 후남이 몸을 떠는데 귓속말이 들렸다.

"소금값 대신 나랑 만나줄래?"

"......"

"못 알아듣는 것 같은데. 나랑 연애하면 소금값 안 받음."

말이 끝나기도 전에 후남은 소금 자루를 내리쳤다. 대장의 한쪽 볼이 흔들렸다. 화난 대장이 소금 자루를 잡으려는 순간 다른 쪽 볼이 흔들렸다.

"이런 재수 없는 년이?"

상상치 못한 공격에 대장은 화난 코뿔소 같았다. 두 손으로 볼을 감싼 채 후남을 향해 달려들며 머리통으로 박치기했다. 후남은 쓰러지며 옆에 솟은 날카로운 돌에 팔목을 찍혔다. 순간 빨간 피가 번졌다. 그 위로 터진 소금 자루에서 소금이 흰 눈처럼 흩어져 내렸다. 그것은 벌건 꽃으로 다시 피어났다.

'괜찮아, 후남아. 별거 아니야.'

피를 보니 겁나긴 했지만 후남은 자신을 다그쳤다. 입을 앙다문 채 피투성이 팔목을 무조건 눌렀다. 아이들은 찌푸린 채 그 모습을 엿보다 하나둘 슬슬 사라졌다. 대장도 피를 보고 놀랐는지 선뜻 떠나지 못하고 얼쩡거렸다. 후남이 꼼지락거리는 것을 본 대장은 "그러니까 처음부터 말을 들었어야지"라고 계속 빈정거렸다.

"맘이 바뀌면 아무 때나 연락해. 얼마든 기다려줄 테니까."

대장은 건들거리며 자리를 떠났다. 후남은 대장이 떠난 후 한참을 죽은 듯 엎드려 있었다. 누군가가 와주기를 바랐으나 개미 새끼한 마리도 나타나지 않았다. 후남은 용을 쓰고 일어나 피가 채 가시지 않은 팔을 받쳐 들었다.

겨우 보호소로 돌아오자마자 후남은 샘터로 달려갔다. 상처 부위를 물로 씻었다. 찢어진 자국이 쓰리고 따가웠다. 대장의 입김이 아직도 기분 나쁘게 남아 있는 듯해서 귓불도 몇 번을 씻어냈다. 뭔가로 상처를 동여매야 하는데, 그 순간 퍼뜩 할머니가 주신 장조림 보따리가 떠올랐다. 그 무명 보따리 천이면 딱 좋을 텐데. 후남은 당장 일어섰다.

"앗! 덕신을 만나기로 했었는데 어쩌지? 벌써 저녁이다."

후남은 가슴이 철렁 내려앉았다. 덕신이랑 만나는 것도 잊은 채소금사냥에 눈이 어두웠었다. 소금사냥을 가지 않았으면 팔도 다치지 않았을 텐데. 팔이 자꾸 쑤시고 욱신거렸다. 언젠가 할머니랑 나물 캐러 갔을 때가 생각났다. 할머니는 다친 후남 무릎에 소금물을 부어 씻어주었다. 그때 소금물 때문에 따끔거리던 무릎이 생각나 치를 떨면서도 후남은 소금 한 움큼을 쥐고 다시 샘가로 갔다.

바가지 물에 소금을 진하게 풀어 상처 부분을 담갔다. 쓰려서 죽을 것만 같았지만 이를 악문 채 소금물에서 팔을 빼지 않았다. 너무 아파서 줄줄 흐르는 눈물이 바가지 안으로 떨어졌다.

"조상신님, 제발 곪지 않게 살펴주세요. 약도 없어서 덧나면 큰일입니다. 이렇게 빕니다. 조상신님!"

바가지 물이 눈물과 섞여 벌건 피눈물로 변했다. 그 속에 번질거리는 대장의 얼굴이 어른거렸다. 후남은 소스라치게 놀라 그 물을 먼 흙밭에 끼얹어 버렸다.

'절대 대장에게 소금을 뺏기면 안 돼.'

고개를 흔들며 결심했다. 고향에 가려면 돈이 있어야 한다. 그러려면 소금을 모아 팔아야만 한다. 후남은 눈물을 닦으며 숙소로 돌아와 자리에 누웠다. 도대체 잠이 오지 않았다. 대장의 느끼한 얼굴과 소금 한 꼬집을 후남 손바닥에 놓아주며 부끄러워하던 대봉의 순진한 얼굴이 교차했다.

"나랑 연애하면 소금값 안 받음."

이 말이 귓전에 윙윙거려 후남은 귀를 막았다. 눈을 꼭 감고 돌아누워 잠을 청했다.

먼동이 트자 후남은 구석에 둔 소금을 먼저 확인했다. 한쪽이 찢어진 소금 자루가 그대로 있었다. 휴, 어제 소금을 빼앗기지 않은 게 기적이었다. 누군가의 눈에 띄기 전에 팔아야 한다. 그러나 며칠 더 있어야 장이 선다니 기다릴 수밖에 없었다.

나가려니 팔이 구부리지도 못할 정도로 부어 있었다. 끙끙거리며 제대로 펴지도 못하는 팔을 만져보았다. 엄청나게 부어오른 게

성이 단단히 난 듯했다. 옷소매에 피가 덕지덕지 묻었는데도 갈아입을 옷이 없었다. 하기야 단벌로 피난 온 사람들 천지라 옷을 얻을 곳이 없었다. 제대로 펴지 못하는 아픈 팔에 관심을 주는 사람도 없었다.

어른들이 말하는 '인생은 나그넷길'이라는 말이 실감 났다. 고아라고 생각하자 맥이 빠지고 눈앞이 깜깜해졌다. 하지만 오늘도 움직여야지. 아직 살아있으니까.

이제 덕신을 찾아야 한다. 사람들이 일하러 나가기 전에 각 교실을 둘러보았다. 이곳저곳을 헤매고, 대여섯 개 교실을 다 돌아도 덕신은 보이지 않았다. 거제 토박이 집에 터를 정했는지도 모르겠다. 교실을 떠나 민가에 숙소를 정한 사람들도 있다고 했으니. 마지막 교실을 돌아보고 나오는데 앞에서 뛰어오는 여자아이가 있었다. 처음 보는 얼굴이긴 한데 어디선가 본 것 같기도 했다. 그 애가 후남을 힐끗 보더니 놀란 채 교실로 뛰어 들어갔다. 후남은 뭔가 이상한 느낌이 들었다.

'나를 아는 애가 아닐까?'

혹시 그 아이가 덕신을 알지도 모른다는 생각에 쫓아 들어갔다. 후남이 멀리서 소리쳤다.

"혹시 그저께 함께 배 타고 온 덕신이라는 애 알아?"

"......"

아이가 휙 돌아보더니 후다닥 돌아섰다. 후남은 계속 물었다.

"덕원 수도원 옆에 살았고, 엄마랑 동생이랑 배 타고 왔는데."

그때 아이를 부르는 소리가 들렸다.

"옥분아, 뭐 해? 아무한테나 함부로 이야기 섞지 말라고 그랬지?"

옥분이라고? 그러자 아이는 얼굴을 숨기듯 후다닥 돌리더니 엄마 쪽으로 뛰어가 버렸다. 덕신이 함께 흥남에서 배를 탔다며 옥분이 이야기를 했었다. 저 애가 그 애 같았다. 그런데 왜 모르는 척하는 걸까?

후남은 의혹에 싸인 채 돌아서서 학교 운동장을 걸었다. 아침밥을 뜸 들이느라 마당 몇 군데서는 한창 타던 장작불이 사그라들어가고 있었다. 낡아 찌그러진 솥에서 맛있는 밥 냄새가 코를 자극하고, 가는 연기가 모락모락 솟았다. 후남은 자기도 몰래 침을 꼴깍 삼키며 밥솥 앞에 주저앉았다.

"에고, 이리 들어와라. 한 숟가락 나누어 먹자."

교실 안으로 밥솥을 옮기던 아줌마가 후남을 봤나 보다. 이 빠진 주발에 보리가 잔뜩 섞인 밥을 한 주걱 퍼줬다. 정말 오랜만에 밥 냄새가 모락모락 오르는 뜨거운 밥이었다. 밥사발을 받아 드니 가슴이 턱 막히고 울컥했다.

"이거 먹고 사발 갖다 드릴게요."

"괜찮다, 너 해라. 고맙게도 어제 민가에서 밥그릇을 모아주었어."

"아주머니, 정말 감사합니다."

후남은 밥사발을 들고 양지 녘에 앉았다. 바람은 차가워도 아침 햇살은 따사로웠다. 손으로 꼭 쥐어 먹는 따뜻한 밥이 얼마나 맛있는지 눈물이 났다. 그러다 얼른 숙소로 뛰어 들어가 소금 한 꼬집을 꺼내왔다. 그걸 반찬 삼아 밥에 넣고 천천히 씹었다. 기분이 아주 좋았다. 밥을 먹으니 행복했고, 대봉을 생각하니 구름을 탄 듯 즐거웠다.

"세상에 태어나 이렇게 맛있는 밥은 처음이야."

밥 한 그릇을 비우니 번쩍 힘이 솟았다. 그래도 이제 소금사냥은 끝이다. 그릇을 씻어 물을 마신 후 밖으로 나갔다.

학교를 벗어나 걷다 보니 주자 골로 들어서는 모퉁이 길이 나왔다. 덕신을 만나려면 또 어디로 가야 할지 망설여졌다. 침을 뱉어 방향을 정하려는 순간 남자애 목소리가 들렸다.

"야, 우리 나무하러 가는데, 안 갈래?"

후남은 주춤했다. 돌아보니 낮은 언덕배기에 지게를 지거나 큰 넝마를 짊어진 굼실굼실한 사내애들이 옹기종기 서 있었다. 까까중 아니면 더벅머리를 한 시커먼 남자애들이었다. 조금 떨어진 곳에 서너 명의 여자애들도 보였다. 후남은 말없이 여자애들에게 다가갔다. 후남이 모기만 한 소리로 말을 붙였다.

"저기~."

"뭐야?"

여자애들이 휙 돌아서는데 부연 담배 연기가 진동했다. 후남은 놀란 눈을 크게 뜨고 옆으로 비켜섰다. 그러자 남자애 두 명이 후남 얼굴에 바짝 대고 담배 연기를 뿜어댔다. 후남은 몸을 비틀어 빠져나가려고 했지만 소용없었다. 어느새 남자애, 여자애들이 사방에서 후남을 포위했다. 여자애들이 말했다.

"신고식이다!"

"구름과자 먹이기!"

말이 떨어지자마자 아이들이 후남 얼굴에 연기구름을 뒤집어씌웠다. 후남은 연기에 휩싸여 콜록거리며 눈물까지 흘렸다. 키가 큰 여자애가 껄렁거리며 다가왔다.

"동무야, 한 대 피워볼래?"

후남은 대답 대신 도리질을 했다.

"이거 '터키 스트라이크'야. '백조' 아니거든?"

다른 애가 접근했다.

"친구야, 한 대 물어볼래?"

"이건 '말보로'야. '파랑새' 아니거든?"

키다리가 옆의 더벅머리 남자에게 눈짓했다. 더벅머리가 후남 뒤에서 후남의 양팔을 깍지 꼈다. 후남이 저항하며 소리쳤다.

"싫다고!"

"이 머저리. 싫은 게 어디 있어? 아무리 미제 담배를 피울 수 있는 세상이라도 네 맘대로 선택할 수 있는 건 아니야. 지금은 전쟁 중!"

키다리가, 빨간 재가 깜박이는 담배를 쳐들고 다가오자 후남은 입을 앙다물고 버렸다. 애꿎은 발만 동동 구르면서. 키다리가 으름 장을 놓았다.

"자, 아~ 하시지."

후남의 턱을 쥐고 담배를 입속에 처넣으려는 순간, 키다리가 "아악!" 비명을 지르며 쓰러졌다.

6

어후남과 김대봉

그 순간 더벅머리도 비명을 내질렀다.

"어떤 놈이얏?"

그는 쓰러진 키다리를 급히 굽어보았다. 두 팔을 깍지 꼈던 후남은 내쳐둔 채로. 벌건 담뱃불을 쥔 키다리 팔목이 잡히는 순간에 바닥으로 내동댕이쳐졌던 거다. 아이들도 우르르 키다리를 둘러싸며 웅성거렸다. 그 순간, 어떤 남자애가 후남 손을 잡더니 달리기 시작했다. 후남도 정신없이 따라 달렸다. 그때야 아이들이 고개를 들고 우왕좌왕하기 시작했다. 누군가가 소리쳤다.

"잡아라!"

일당 중 두어 명이 쫓아오기 시작했다. 후남은 잡힌 팔에 끌려

눈을 감은 채 무조건 따라 달렸다. 그러나 한참 달리다 서서히 뒤처지기 시작했다. 안달이 난 남자애가 소리치며 후남을 부축했다.

"잡히면 끝이야!"

벌건 황토 밭길을 지나 자갈이 울퉁불퉁한 좁은 길을 달렸다. 개울둑을 건너 시커먼 흙밭을 달렸다. 파릇한 보리밭이 휙휙 스쳐 갔다. 한참 달리던 후남이 주저앉고, 남자아이도 멈춰 섰다. 둘 다 숨을 헐떡이며 뒤를 돌아보았다. 쫓아오던 일당은 돌아갔는지 보이지 않았다. 그제야 후남과 남자아이는 큰 숨을 몰아쉬며 숨을 골랐다.

후남은 자기도 모르게 다리를 쥐면서 팔을 움켜잡았다. 다리는 쥐가 날 듯 떨리고, 다친 팔은 쑤시고 욱신거렸다. 남자아이는 그때야 후남 저고리의 피를 보고 놀란 나머지 덥석 팔을 잡았다.

"다쳤구나! 어디 보자."

후남은 물러서며 몸을 사렸다. 징글맞은 소금 대장의 얼굴이 어른거렸다. 어쨌든 알지도 못하는 남자애를 따라 미친 듯 도망친 자신이 우스웠다. 더구나 팔뚝의 상처를 열어 보여주기는 더욱 싫었다. 후남이 물었다.

"왜 날 돕는 거야?"

"내 맘이니까."

아이는 천천히 벙거지 귀마개 모자를 벗었다. 후남은 너무 놀라 하마터면 까무러칠 뻔했다.

"아니 너, 너는?"

"김대봉. 근데 난 여태 네 이름을 몰라."

후남은 기다렸다는 듯 씩씩하게 말했다. 대봉을 처음 만난 날부터 말해주고 싶었다.

"난 후남. 여후남."

"여후남! 멋진 이름인데."

둘은 하마터면 껴안을 뻔했다. 너무 좋아 한참 서로 바라보기만 했다. 이 시간이 영원하길 바라면서. 후남이 물었다.

"그런데 어떻게 거기에? 너도 설마?"

"걱정하지 마. 난 양담배 파 아니거든. 나무하러 가는 길이었지. 시끌벅적해서 보니 여자애를 또 골탕 먹이고 있더라."

"으윽, 그게 나였단 말씀이지?"

"걔네 상습범이야. 한 번 당한 여자애들은 다 양담배 파가 되더라."

수용소 밖에서 미군들이 피우는 양담배가 버젓이 팔리고 있었다. 미군이 담배 연기를 훅훅 내뿜으면 호기심 덩어리인 아이들이 그 주위를 얼쩡거렸다. 그들은 아이들에게 담배를 한두 개비씩 던져주기도 했다. 아이들은 재미로 담배를 갖고 놀다가 맛을 붙였다. 숨어서 담배 피우는 시간이 늘어나고, 나무를 해서 모은 돈까지 담배를 사기도 했다. 후남이 물었다.

"그 애들 엄마가 알까?"

"당연히 모르지. 학교는 문 닫았지, 나무하러 간다는 둥 소금 얼으러 간다는 둥 하니까 그냥 두는 거야. 부모들도 종일 땅이라도 파야 입에 풀칠이라도 하니까 애들 단속할 시간이 없는 건 당연하지."

후남은 대봉의 소금 이야기에 움찔했다. 그건 대봉에게 비밀로 하겠다고 생각하면서. 둘이 걷는데 소나무 밑동 거리쯤에 '밀가루 배급'이라는 공고 쪽지가 바람에 펄럭거렸다.

"앗, 엄마가 밀가루 배급을 받아오라고 했는데 삼천포로 빠질뻔. 오늘이 그날이다. 너도 받을 수 있어."

후남은 신이 났다. 밀가루를 거저 준다니 살 일 나섰다. 대봉은 엄마가 너무 바빠서 자기가 배급받으러 가야 한다고 했다. 후남은 대봉 엄마가 뭘 하는 사람인지 궁금했으나 참기로 했다. 대봉이 말해줄 때까지. 나중에 저절로 알게 되겠지. 후남은 생각에 잠긴 채 걸었다.

'대봉은 북한 사투리를 쓰지 않는데 어디가 고향일까? 남한, 거제도?'

대봉이 무슨 생각을 하는지 궁금했다.

'한 번도 우리 가족을 물어보지 않았어. 혹시 이미 알고 있는 건 아니겠지.'

대봉이 주막 골 쪽을 가리키며 말했다.

"저곳은 되도록 안 가는 게 좋아. 엄청 외딴곳이야. 저 독봉산 오른쪽으로 더 많이 올라가면 산 중턱에 여자 포로수용소가 있거든. 포로들이 도망가지 못하게 철조망이 친친 감겨있어."

후남이 물었다.

"왜 여자수용소를 뚝 떼어놓았을까?"

대봉이 망설이는 듯하다가 대답했다.

"혹시 그런 일 벌어질까 봐 남녀 수용소를 멀리 떨어뜨려 놓았다는 말도 있어."

후남은 얼굴이 발개져 고개만 끄덕였다. "아, 그런 일 때문이구나"라고 중얼거리면서.

"그곳은 대부분 북한군 여성 포로들이야. 육지에서 전투하던 북한군이 국군에게 잡혀 포로가 된 여자들도 있지만 대부분 간호장교, 간호 병사들이야. 멋모르고 인민 여성 해방군에 가입했다가 국군에 잡힌 여자도 많고."

"그럼 우리 또래도 있는 거 아냐?"

"그거보다 철망 안에 어린아이들도 보이더라."

"정말? 왜 아이들이 거기 있을까. 언제 한 번 데려가 주라."

"그래, 시간 날 때 한 번 같이 가보자."

대봉이 고개를 끄덕였다. 후남은 벌써 여자 포로들이 불쌍했다. 자기는 자유롭게 돌아다닐 수 있지만, 철망에 갇힌 새들처럼 그들은 자유가 없을 테니까. 대봉의 걸음이 갑자기 빨라졌다. 부둣가 배급창고에 거의 다 왔다며 서둘렀다.

멀리 보이는 허름한 나무 창고는 해풍에 쓰러질 듯 위태로웠다. 아니나 다를까 그쪽에서 짠 갯내가 풍겼다. 바구니나 양푼, 심지어는 솥단지를 든 사람까지 길게 줄지어 서 있었다. 벌써 배급받아 작은 자루를 들고 가는 사람, 머리에 이고 가는 사람 가지각색이었다. 가까이 가니 창고 밖으로 줄이 한없이 늘어져 있었다. 대봉이 후남을 앞세우고 자기는 몇 사람 뒤로 서며 말했다.

"사람들이 보면 괜히 우리를 의심할 수도 있어."

후남 얼굴이 발개진 채 대봉과 떨어져 섰다. 앞에는 아줌마 아저씨들이 대부분이고, 자기 또래의 아이들은 겨우 몇 명뿐이었다. 앞에 선 사람들이 두런거렸다.

"배를 곯으니 도둑질이라도 하겠더라."

"찬물을 얼마나 마셔댔는지 헛배가 불렀는데 이제 뭐라도 좀 먹겠네."

엄마 손을 잡고 따라온 아이는 춥고 배가 고픈지 선 채로 졸고 있었다.

"애가 시들시들해. 따끈한 수제비라도 먹이면 좀 나아지겠지."

후남도 그 소리를 들으니 배 속이 꼬르륵거렸다. 꽁보리밥 한 사발 먹고 그렇게 달렸으니. 가끔 미군 병사가 줄 사이를 누비고 지나다니기도 했다. 점점 줄이 짧아지며 어둑한 창고 안이 보이기 시작했다. 비를 피할 지붕만 얹은 창고 안에 웬 포대 자루가 그렇게 많을까. 거의 천장에 닿을 정도로 산더미처럼 쌓여 있었다. 후남

앞의 아줌마도 이제는 안 굶겠다며 떠들었다. 밀가루 배급을 받은 사람들 얼굴이 아침 햇살처럼 환해졌다. 옆 책상의 직원에게 이름을 말하고 안으로 가 밀가루를 받아 들고 나왔다.

점점 줄이 짧아지고 창고 안이 들여다보였다. 앞사람이 지나가고 후남 차례가 되었다. 그때 군인 아저씨가 나와서 후남을 막으며 말했다.

"너희 부모가 와야지 넌 너무 어려. 한 집에 한 번씩만 받아 가라."

"전 혼자예요."

"그러면 보호소에서 받아 가라. 너는 해당이 안 돼."

후남은 불끈해 소리쳤다.

"왜 안 되는 거죠?"

고아라고 배급도 안 준다니 가슴이 먹먹해지고 눈물이 핑 돌았다. 정리하는 미군이 다가왔다. 군인 아저씨에게 무슨 일이냐며 묻는 것 같았다. 밖에서는 왜 이리 줄이 안 줄어드냐고 소리 지르고 난리들이었다. 배급을 못 받으면 언제까지 굶을지 모른다. 후남은 눈을 꾹 감고 크게 소리쳤다.

"저도 밀가루를 주세요!"

미군 옆으로 여자 직원이 다가가 후남의 말을 통역하는 것 같았다. 미군이 고개를 끄덕이자 여직원이 큰 소리로 말했다.

"이름을 말하세요."

"여후남요."

그 소리에 어둑한 곳에서 여직원이 벌떡 일어섰다.

"여후남이라고?"

그녀는 후남에게 손을 흔들며 뛰쳐나왔다. 후남이 소리쳤다.

"너, 너는 덕신이?"

덕신이 미군에게 소리쳤다.

"얘는 제 친구예요. 혼자 피난선을 탔다고요."

미군이 큐 사인을 보내고 밀가루 자루를 집어 주었다.

"왜 약속 날에 안 나왔어? 기다렸는데. 사흘 후 장날에 만나자. 주막 골에서 올라가면 나오는 수용소 첫 번째 철망에서!"

덕신이 후남 귀에 속삭이며 서둘러 책상으로 돌아갔다. 후남은 반복했다. "장날에 만나자!"라며. 여기서 덕신을 만나다니 기적이었다. 밀가루를 못 받을 뻔했는데 덕신이 구해주다니! 후남은 날아갈 듯 기분이 좋았다. 대봉은 엄마가 와서 미리 말해뒀기에 군말 없이 밀가루 자루를 받았다. 창고에서 나온 후남은 대봉에게 다가갔다.

"배에서 만난 친구인데 신부님한테 영어를 배웠대. 영어를 진짜 잘하나 봐."

"그렇군. 벌써 저런 곳에서 일하는 걸 보면 역시 사람은 배워야 할 듯. 학교도 곧 열릴 거라던데. 그전에 부지런히 섬을 돌아다녀 봐."

후남이 말했다.

"그럴게. 어쨌든 나도 일자리를 찾아야지."

"그래, 알아보자. 어쨌든 우리 언제 만나지?"

"네가 여자수용소 데려가 준다고 했지?"

"좋아, 마침 사흘 후가 임시 장이 열리는 날이야."

"오케이, 덕신도 장날 만나기로 했으니 잘됐네."

"그날 사람들이 모두 움직이는 곳으로 따라가기만 하면 돼."

대봉은 모르는 게 없었다. 앞으로도 포로들이 더 들어올 거라고 했다. 이미 거제 주민보다 포로 숫자가 더 많아 장은 앞으로 더 잘될 거라고도 했다.

대봉이 후남의 팔을 걱정하며 밀가루 두 자루를 어깨에 멨다. 그러나 얼마 후 후남이 고집해 둘은 각자의 밀가루를 안고 자갈길을 걸었다. 학교가 나오고 헤어져야 할 시간이었다. 아쉽지만 대봉과 헤어져야 한다. 학교가 멀리 있었으면 더 오래 함께 걸을 수 있을 텐데.

대봉을 생각하면 기쁨이 솟고 걱정이 눈 녹듯 사라졌다. 태어나 처음 맛보는 은밀한 기쁨이었다. 후남은 발딱거리며 수선거리는 가슴팍을 지그시 눌렀다. 그곳에는 열네 살, 아니 열다섯이 되는 사춘기 소녀의 설렘과 망설임이 봄꽃처럼 솟아나고 있었다.

숙소에 도착한 후남은 콧노래를 부르며 수제비를 끓여 먹을 꿈에 부풀었다. 그러나 아뿔싸! 수제비 끓일 냄비가 없었다. 급하게 나와 솥밥을 나눠준 아줌마가 있던 교실로 달리기 시작했다. 막 교실로 뛰어 들어가던 후남은 어떤 여자애와 딱 부딪쳤다. 여자애 주머니에서 쇠붙이가 툭 떨어져 돌에 부딪혔다. 화들짝 놀란 애가 휙 집은 건 시커먼 고물 열쇠였다. 얼른 그것을 집어 등 뒤로 감추더니 비명을 질렀다.

"야, 뭐야? 눈깔을 어디에 두고 사는 거야?"

"아, 미, 미안."

후남은 허겁지겁 사과하며 넘어진 여자애를 잡아 일으켰다. 여자애가 후남 손을 세차게 뿌리치며 고개를 들었다. 후남이 소리쳤다.

"아니 넌……?"

"그러는 넌 왜 자꾸 내 앞에 나타나는 거야?"

아이가 신경질적으로 소리치며 안색이 변했다. 죄짓다 들킨 듯한 얼굴로 허겁지겁 일어섰다.

'넌 옥분이잖아. 덕신을 모른다고 잡아떼던 그 아이!'

후남은 속으로만 중얼거렸다. 옥분은 고개를 흔들며 가슴을 내밀었다. 열쇠를 쥔 손을 뒤로 숨긴 채, 쌤통이라는 듯 거만한 웃음을 흘리며 멀어졌다. 후남은 옥분이 사라질 때까지 고개를 갸우뚱거리며 서서 생각에 잠겼다. 수제비 끓일 생각이 삼천리는 달아나 버렸다.

'아무래도 덕신이한테 말해주는 게 좋을 것 같아.'

어디선가 오래전에 본 듯한 기시감이 드는 게 기이했다.

*

장날이다!

1월 초 추운 겨울이라 파란 푸성귀 한 잎 구경할 수 없었다. 그러니 피난민들이 김치 가닥 타령을 하는 건 터무니없는 사치였다. 밭에 나가도 꽁꽁 언 땅에 남은 배추 겉잎은 얼어 터져 국거리로조차 주워 담을 수 없었다. 밀가루나 우유 배급으로 그나마 허기를 채우는 게 감사하기 그지없다.

그중에도 바지런하고 영악한 사람들은 안 먹고 아껴놓은 밀가루로 떡을 만들거나 수제비를 만들어 팔았다. 그걸 본 사람들은 흥분해 잔칫집에 온 것 같았다. 섬 전체 사람들이 우르르 쏟아져 나온 듯 오랜만에 사람 구경, 먹을 것 구경에 신이 났다. 살아있다는 기쁨이 몸서리쳐지게 즐거웠다. 사람은 역시 사람을 보며 살아야 하나 보다.

'거제도 작은 섬 어디에 이렇게 많은 사람이 숨어있었던 걸까?'

더러는 두리번거리며 곳곳을 간섭하고 다니는 사람들이 있었다. 헤어진 부모를 찾는 사람, 형제를 찾는 사람, 자식을 찾는 사람이 최고로 가슴 아프다. 한번은 후남 뒤에서 "순복아!" 하고 와락 잡아 돌아보니 낯선 아줌마였다. 피난 오다 헤어지거나 잃어버린 딸이 있나 보다. 아줌마도 후남도 눈물이 핑 돌았다. 가족을 찾으러 나온 사람들로 장날은 더욱 바쁘고 뒤숭숭했다.

물건을 광주리에 담거나 보따리에 이고, 어깨에 메거나 옆구리에 끼고 사람들이 꾸역꾸역 모여들었다. 피난 보따리 속에 가져온 사소한 잡동사니부터 생명 같은 실가락지를 펼쳐놓은 채 물건들이 임자를 기다린다. 후남은 그것을 보고 생각했다.

'나도 어떻게든 돈을 모아야 해.'

사람도 보고, 먹을 것도 사고, 제 물건도 팔 수 있는 절호의 기회였다. 게다가 초콜릿, 비누, 재수 좋으면 고기, 깡통 등 미제 물건은 구경만 해도 신이 났다. 돈만 모으면 그런 것까지 사 먹을 수 있는 장날은, 최고의 축제였다.

다른 한쪽에는 지게에 산더미처럼 나무를 쌓아놓은 남자애들이 주르륵 서 있었다.

'저 애들은 돈을 제법 모을 거야. 남자로 태어난 게 얼마나 다행일까.'

마음 놓고 나무를 할 수 있는 남자애들의 체력과 용기가 부러웠다. 후남은 양담배 파 소행 이후 나무하러 산에 가는 일은 자제했다. 혼자 사는 여자애를 노리는 족속도 많다는 걸 서서히 터득했다. 세상은 남자보다 여자에게 더 불편하고 불리했다.

후남은 한 손엔 소금을, 다른 한 손엔 저고리 말기에서 꺼낸 돈을 꼭 쥐고 있었다. 약을 구하려고 아껴둔 돈이지만 팔의 상처는 가라앉아 이미 시꺼먼 딱지가 붙었다. 옆에 둘러맨 바가지 안에는 어제 낮에 잡은 조개가 잔뜩 들어있었다. 옆 교실 사람들 이야기를 듣고 바닷가에 나가 조개 잡는 아이들을 따라다녔다. 몇 개는 수제비 끓이는데 넣었더니 꿀맛이었다. 솥을 빌려준 아줌마가 준 감자

반쪽과 싱싱하고 간간한 조개 덕분에 최고의 해물 수제비가 되었다.

'사람들은 참 똑똑해. 수제비에 조개를 넣겠다고 생각하다니!'

멸칫국물만 우려먹는 줄 알았는데 이가 없으면 잇몸으로 때운다더니 해물 수제비는 일품이었다. 더 넣어서 먹고 싶은 걸 참고 아껴두었다가, 오늘 그 조개를 팔아 볼 생각으로 들고나왔다.

앞쪽에선 붉은 장작 불꽃이 타오르고 있었다. 즉석 수제비를 팔려고 나이 지긋한 부부가 아예 솥을 걸쳐놓고 장작을 때고 있었다. 나무 파는 소년이 솥 옆에 나무를 갖다 놓자 아줌마가 허리춤에 돈을 꽂아주며 말했다.

"아이고, 나무하느라 손이 더 터졌네. 수제비 끓으면 와서 한 그릇 따끈하게 먹고 가거라."

솥에서 솟는 맛있는 장국 수증기가 사람들을 불러들였다. 따뜻한 불가를 찾아 주위에 모여 앉은 사람들이 가득했다. 후남은 자기도 모르게 불가로 다가갔다. 어른들이랑 코흘리개 아이도 침을 흘리며 구경 중이었다. 옆에는 화덕에 밀가루빵을 구워 파는 아저씨도 있었다.

후남은 잠시 흥남 고향집 부엌에 온 듯한 착각에 빠졌다. 국물이 끓어대며 내뿜는 부연 수증기라도 쐬고 싶어 더 가까이 다가갔다. 옆에 아줌마가 후남이 바가지를 내려다보며 조개를 한 번 건들었다. 산 조개들이 풍, 물을 품어 아줌마 얼굴까지 쏘았다. 아줌마가 호들갑 떨며 소리쳤다.

"아이고, 산 조개가 사람 죽이네. 순자 엄니, 야가 조개를 잔뜩 잡아 왔네요. 이거 넣으면 국물 죽이겠다."

밀가루 반죽을 떼어 넣던 아줌마가 돌아보았다.

"아이고, 이만큼이나 조개를 잡았으면 손이 꽁꽁 얼었겠다. 그거 이리 주라."

후남은 엉겁결에 조개 바가지를 내밀고, 아줌마는 솥에다 한꺼번에 조개를 쏟아부었다. 모인 사람들이 환호성을 지르며 손뼉을 쳤다. 솥에서 국물이 푸르르 솟아오르며 맛있는 조갯국 냄새가 진동했다. 계속 굶주린 사람들은 무엇이 되었든 먹을 것을 보기만 해도 행복해했다. 하물며 뚝뚝 떼어 넣은 아기 손바닥만 한 수제비 반죽이 춤을 추며 끓어오르는 모습이란! 무슨 일이 있어도 오늘은 꼭 한 대접 사 먹으리라 벼르는 표정들이었다.

후남도 침을 삼키며 최고의 수제비를 지켜보았다. 반죽을 넣던 아줌마가 말했다.

"아이고, 내 정신 좀 봐라. 옜다!"

앞치마 주머니에서 지전 한 장을 꺼내 후남 손에 꾹 찔러주었다. 후남은 돈을 꼭 쥔 채 콧등이 시큰해졌다. 아줌마는 계속 반죽을 떼어 넣으며 말했다.

"또 잡아 와라. 봄이 오면 조개를 많이들 잡아 오는데, 지금은 추워서 누가 물속에 들어가냐? 그래도 사람들이 놀 때 일해야 돈 버는 거야."

후남은 고개를 끄덕였다. 그리고 용기 내어 말했다.

"아주머니, 소금은 필요 없으세요?"

아줌마가 후남을 다시 쳐다보았다.

"너 한 자락 할 상이네. 나중에 이 수제비 아주머니를 잊지 말아라. 그러자! 소금도 팔아주마."

후남은 시선 한 상을 더 받은 채 사람들 틈에서 나왔다. 둘러선 사람들이 길을 비켜주며 부러운 듯 바라보았다. 후남은 마음이 들떴다. 난생처음 벌어본 돈이었다. 그것도 지전으로. 가슴이 두근거리고 얼굴이 달아올랐다. '할머니, 조상신이 절 도우셨어요. 혼자서도 잘 살 수 있을 것 같아요.'

후남은 철조망 쪽으로 단숨에 달려갔다. 대봉이가 기다릴까 봐 걱정하면서. 드디어 약속했던 첫 번째 철조망 부근에 이르렀다. 대봉은 이미 철조망에 달라붙어 키 작은 군인과 이마를 맞댄 채 이야기하고 있었다. 둘은 고개를 끄덕이거나 고개를 젓는 게 여간 친한 사이가 아닌 듯했다. 그 군인 뒤로 다른 군인들이 몰려오는 것을 본 군인은 들고 있던 군복을 둘둘 말더니 철망 밖으로 던졌다. 대봉이 얼른 그 옷을 받아 자루에 담았다. 그것을 어깨에 멘 채 대봉이 돌아서서 움직였다. 후남이 손을 흔들며 달려갔다.

"여기!"

"어서 와."

후남은 숨이 가빠도 함박웃음을 지었다. 대봉은 후남 손을 덥석

잡고 물었다.

"뭐 좋은 일 있었어?"

"응, 처음으로 돈을 벌었어."

둘은 이야기하며 함께 걸었다. 후남이 북한 돈을 보여주며 그것으로 옷을 사고 싶다고 했더니 대봉이 말했다.

"여기선 북한 돈은 소용없어."

후남이 눈을 둥그렇게 떴다. 이미 남한은 돈이 바뀌어 북한 돈을 사용할 수 없다고 했다. 후남 기가 푹 꺾였다. 그게 어떤 돈인데. 할머니가 꼬깃꼬깃 말기에 넣어준 돈이 소용없다니! 울컥 눈물이 솟구쳤다. 그걸 눈치챈 대봉이 말했다.

"속상해하지 마. 오늘 돈도 벌었다며. 그 돈 쓰면 되잖아."

후남은 말없이 고개만 끄덕였다. 대봉이 물었다.

"그런데 어떻게 번 거야?"

후남은 수제비랑 소금 이야기를 했다. 대봉이 고개를 끄덕이며 칭찬했다. 후남이 말했다.

"조개를 더 열심히 잡아야겠어."

대봉이 후남 손을 잡았다.

"얼음장 같은 물에 얼마나 힘들까. 그래도 잘 버텨봐. 지금은 그것밖에 할 일이 없잖아. 나무하러 가는 것도 여자한테는 무리지."

후남은 고개를 끄덕이며 양담배 파를 떠올렸다. 그 애들과 다시는 엮이고 싶지 않았다.

"빨리 학교가 열리면 좋겠다. 책도 읽고 싶고, 공부도 하고 싶어."

"그래, 공부해야 나중에 더 큰 장사를 할 수 있다고 엄마가 그랬어."

"그런데 아까 그게 뭐야?"

"으, 으응. 옷이야 군인 옷. 우리 엄마 일하게 돕는 거지."

"이렇게?"

"엄마가 염색일을 하시거든. 아버지와 나는 군인 옷을 구해와야 해."

후남은 대봉네 움막집 마당에 걸려 있던 두 개나 되는 큰 솥이 떠올랐다. 그 위로 얼기설기 얽힌 빨랫줄도 기억났다. 이제야 각본이 그려진다.

"원래 거제가 고향이야?"

대봉은 서울 변두리에 살았었다며 긴 이야기를 시작했다. 인민군이 내려오자 아무 일도 할 게 없어서 굶기를 밥 먹듯 했다. 인민군이 곡식을 다 뺏어가니 동네 싸전이 다 문을 닫았다. 그러다 대봉네 마을을 점령한 인민군이 엄마에게 군복 빠는 일을 부탁했다. 엄마는 피 묻은 군복을 빠는 게 내키지 않았으나 자식을 더 이상 굶기고 싶지 않았다. 무더위에 며칠씩 땀 찬 옷을 빨아대느라 손가락 마디가 헤어지고 습진이 생겼지만 돈은 제법 벌었다. 인민군이 의외로 돈을 제법 쳐줬다. 일이 없어 손가락만 빨던 사람들은 대봉네를 시기했고, 자기 자식들에게 이렇게 말했다.

"저 집은 빨갱이 피 묻은 옷을 빨아주는 집이다. 대봉이랑 놀지 마라."

"우리 같으면 그런 돈은 줘도 안 받을 거다."

"저 감은 시어서 못 먹어."

심지어는 대봉네 집 앞에 쓰레기를 갖다 버리는 사람도 있었다. 이런 멸시에 시달리던 어느 날 대봉 아버지가 결단을 내렸다. 피난 민들이 많이 가는 육지에서 뚝 떨어진 거제도라는 섬에 가서 장사 하자고. 부산에 살던 친척 아저씨가 그런 아이디어를 주었다.

그렇게 거제에 오니 의외로 군부대에서 원조물자가 들어왔다. 대봉과 아버지는 제각기 다른 길을 통해 그렇게 흘러나온 군복을 구하기 시작했다. 대봉은 철망에 붙어 놀다가 우연히 수용소 안에 필요한 것을 구해주고 군복과 바꾸는 일을 시작했다. 군인 옷을 한 벌 받는 대가로 고기랑 떡, 엿을 주기도 했다. 수용소 안은 미제물 품이 넘쳤다. 피난민들은 절대 구할 수 없는 따뜻한 군용담요 대여 섯 장에 통돼지를 맞바꾸는 일도 있었다.

대봉은 엄마가 군복을 염색할 때 필요한 장작을 구해온다. 그 후 가마솥에 불을 지피고 불을 때는 건 대봉 몫이다. 장이 열리는 날 이면 철조망 너머로 포로들을 만난다. 그들은 대봉을 찾아서 숨겨 놓은 군복을 흥정하고 철조망 밖으로 던져준다.

대봉은 철망 주변에서 포로들을 만나 이런저런 이야기를 한다. 심지어 포로들은 북에 두고 온 여자친구 이야기까지 대봉에게 털어놓았다. 대봉이야말로 어려도 그들의 말동무가 될 멋진 남조선 소년이라 여겼다. 그 일을 시작한 처음에 대봉은 엄마에게 물었다.

"엄마, 포로들이 군복을 숨겨 파는 게 도둑질 아니에요?"

엄마가 잠깐 움찔하더니 말했다.

"포로들도 배당받은 걸 파는 걸 거야. 그러니 미군도 그냥 눈감아 수는 거지."

"그렇죠. 숨겨 파는 걸 경비병도 아는 것 같았어요."

"그러니 네 생각은 기우야. 철망 속에 갇혀 바깥세상이 그리운 사람들에게 세상 소개를 하는 셈이니 오히려 고마워해야지."

하기야 군복과 돈이 오가고, 떡이나 엿과 바꾸어도 경비병은 모른 척했다. 오히려 함께 구경하면서 훈수를 놓기도 했다. "맛있겠다. 떡을 조금 더 얹어주소"라면서. 그들도 수용소 지킴이의 지겨움과 외로움에서 벗어나고 싶은 모양이었다. 그러던 그들이 여자 수용소 앞을 지날 때면 생기가 일었다. 여자 포로들은 오랜만에 보는 남자 경비병을 향해 휘파람을 불며 꼬드겼다. 꽥꽥 소리치며 침을 뱉고 돌을 던지기도 했는데, 관심 끌기 작전이었다.

"물러가라! 위대한 조선 인민의 적!"

"북침한 반공 분자들!"

잘생긴 미군이나 국군 경비병이면 공격은 더 심해졌다. 경비병들은 피할 수 있는 만큼 피하며 철망 너머로 그 상황을 즐겼다. 서로의 무료함을 달래기 위한 확실한 남녀 접근 방법이었다.

소년 대봉 역시 철망 근처를 드나들며 그 장면을 놓치지 않았다. 소년의 턱에 꺼칠한 턱수염이 생겼고, 때론 꿈속에서 몽정했다. 이성에 대한 그리움과 호기심이 가슴속에 들불처럼 번지는 나이였다. 그때 들리는 여릿한 목소리에 대봉은 화들짝 놀랐다.

"사람들에게 군복이 인기 최고인가 보네."

고개를 돌리니 후남이었다. 항상 같이 있고 싶은 아이를 옆에 두고 줄곧 다른 생각만 한다니! 대봉이 서둘러 말했다.

"응, 그 군복이 엄청 질기대. 그래서 부산에 가져가면 사람들이 사려고 줄을 서."

"정말 그렇게 질긴 거야?"

"응, 미군복은 평생 입을 정도로 질기다고 해. 엄마는 군복에 검정 염색하는 덴 선수거든."

"와, 좋다. 조달자 ─ 재생산자 ─ 판매책 삼박자가 너무 잘 맞네!"

후남은 즐거워하며 손뼉을 쳤다. 대봉이 얼른 말했다.

"엄마가 염색할 때 소금을 넣거든. 그래서 집에 소금을 떨어뜨리지 않으셔. 전에 너에게 준 소금도 그거야."

"흐흐, 너희 엄마가 아시면 날 가만두지 않을 듯."

"쉿, 우리만 아는 비밀!"

"그래서 다른 소금 도둑이 눈치채기 전에 오늘 내다 팔았어."

"흐흐, 뛰는 놈 위에 나는 놈이라!"

둘은 깔깔거리며 웃었다.

"돈이 필요하잖아."

후남은 그 말을 하면서도 기가 막혔다. 평생 돈 한 푼 안 써본 사람이 돈타령이라니.

"좋~지. 돈."

대봉이 말하고 후남도 멋쩍게 웃었다.

"판매책은 아버지 전담이야. 그런데 아비지가 나더러 이런 것들을 잘 배우래. 내가 군복을 잘 구해오는 걸 보니 장사꾼 소질이 있다고. 나는 정말 큰 장사꾼이 되고 싶어."

후남은 멋진 사업가 대봉을 그려보며 소리쳤다.

"큰 사장, 김대봉 파이팅!"

시끌벅적한 장터에 두 아이의 깔깔거리는 목소리가 퍼져갔다.

7
포로수용소

그때 후남 어깨를 붙잡는 손이 있었다.

"앗, 덕신아!"

후남은 오늘도 덕신이랑 만나기로 한 걸 까먹었다. 이건 일급비밀이지만 대봉에게 혼이 쏙 빠졌었나 보다.

"널 얼마나 찾았는데. 배급소에서 널 본 날부터 챙겨두었어. 잊기 전에 얼른 받아."

후남은 덕신이 건네주는 무명 보따리를 받았다. 장조림이 없어진 보따리는 작고 얄팍했다. 미안한 맘이 들어 덕신의 손을 꼭 쥐었다. 덕신이 대봉을 바라보았다.

"그런데 누구~야~?"

덕신이 묻자 후남은 잠깐 망설였다. 괜히 도둑 데이트하다 들킨 듯 부끄러웠다. 후남이 말했다.

"으응, 얘는 김대봉."

대봉이 눈웃음을 건네자 덕신이 자기소개를 했다.

"안녕, 나는 김덕신."

후남은 "밀가루 배급창고에서 일하던 영이 잘하는 애"라고 소개를 덧붙였다. 대봉이 부러운 눈초리로 덕신을 바라보더니 앞장섰다. 여자수용소에 가는 길이라고 하면서.

남자수용소 앞의 장터는 여전히 시끌벅적했다. 좌판에는 거제도의 보물인 겨울 무랑 배추까지 나와 있었다. 시커먼 흙을 뒤집어쓴 풋풋한 무와 연두색 배추 속살이 봄을 알리는 것만 같아 모두의 가슴이 콩닥거렸다.

셋은 어느새 언덕 쪽에 다다랐다. 뒤따라 걷는 후남은 아까부터 자꾸 아랫배가 아팠다. 그렇다고 친구들에게 말하기도 뭐했다. 걷다 보면 괜찮다가 사르르 아프기를 반복했다. 후남은 숨이 차 대봉에게 물었다.

"한참 더 가야 해?"

"이제 조금 남았어. 여자 포로수용소는 정말 외지거든. 얘들아, 너희들 궁금하지 않아? 북한 여자 포로들."

덕신과 후남은 동시에 고개를 끄덕였다.

"그래, 우리는 여자잖아. 여자 포로에게 더 관심이 가는 건 사실

이야."

이야기하는 동안 어느새 산 중턱에 이르렀다. 후남이 말했다.

"휴, 올라가기 너무 힘들다. 여자수용소는 왜 이렇게 산 위에 있을까?"

대봉이 철조망을 가리켰다.

"두 겹 철조망에, 일부러 남녀 수용소를 멀게 해놓았다고 어른들이 그러더라. 남자 포로 탈영병들이 여자수용소로……."

덕신이 거들었다.

"쳐들어갈 위험이 있다, 이거지?"

"뭐 그런 것 같아."

대봉이 말을 흐리자 후남은 괜히 가슴이 뛰었다. 덕신이 말했다.

"우리 엄마가 그러는데 포로들이 밤에 많이 탈출하나 봐. 그래서 수용소 철조망도 이중으로 되어 있다던데."

오후 햇살을 받은 은색 철조망이 때맞춘 듯 위협적으로 빛났다. 갑자기 후남이 소리쳤다.

"저거 봐. 기저귀가 펄럭이네. 저 안에 아기가 있나 보다!"

겨울 햇살에 말라가는 기저귀랑 아이들 옷가지가 산바람에 춤을 추었다. 그곳에선 사람 냄새가 났다. 수용소라 무서운 전쟁포로들만 갇혀 무섭고 답답할 줄 알았는데. 후남은 기저귀 위에 동생 귀남이 얼굴이 떠올라 고개를 흔들었다. 반가워 가슴이 찌릿하다가도 묵직하게 저렸다. 덕신도 숨죽이며 말했다.

"아이고, 멀고 먼 남한까지 잡혀 온 여군이 저기서 애를 낳았나 봐!"

"그럼 배부른 몸으로 전쟁에 참여했다는 거야?"

후남은 중얼거리다 배를 쥐어 잡았다. 다시 배가 사르르 아팠다. 찌푸린 후남 얼굴을 보자, 덕신이 어디 아프냐고 물었다.

"어제 수제비를 너무 먹어서 그런가 봐. 나아지겠지."

"너무 아프면 말해. 돌아가야지."

"그럴 정도는 아니야. 저기 문이 있네. 저리로 가자."

철조망 사이로 간간이 여자 포로들이 보였다. 군복을 입거나 치마나 바지를 입은 모습 등 가지각색이었다. 후남 또래도 간혹 눈에 띄었고, 언니 정도로 보이는 여자들도 있었다.

이곳 여자수용소 앞에도 장이 서고 있었다. 더러는 음식 광주리를 이고 철망 사이로 사고파는 중이었다. 미군부대에서 흘러나온 화장품을 사려고 흥정하는 멋쟁이 포로도 있었다. 철망 밖과 수용소 안쪽에도 여 경비병들이 총을 든 채 오가고 있었다. 후남은 그들의 군복이 너무 멋져 보였다. 추위를 이길 질기고 따뜻한 군복을 한 벌 사 입는 게 소원이었다. 그걸 물들여 입으면 평생 옷 걱정 안 해도 될 것 같았다.

후남은 여태 핏자국이 지워지지 않은 자기 옷을 내려다보았다. 진절머리가 났다. 어제는 미군이 숙소 사람들에게 디디티를 뿌리고 갔다. 부옇고 독한 약에 정신이 산란했지만 이나 서캐를 퇴치하는 데는 즉효라고 했다. 후남도 여자들을 따라 고분고분 옷을 벌려 DDT 세례를 받았다. 서양 군인들에게 앞가슴을 보이는 게 죽기보다 싫었지만 무서운 전염병을 없애준다니 따라 할 수밖에. 후남이 결심한 듯 말했다.

"애들아, 나 군복 한 벌 샀으면……."

대봉이 후남의 꾀죄죄한 옷을 보며 말했다.

"좋은 생각. 울 엄마가 염색하는 데 집어넣어서 책임지고 해줄 테니 한 벌 사보자."

대봉은 철조망 옆으로 걸어가 안에 기대어 있는 여군과 뭔가 대화를 나누었다. 덕신과 후남은 손을 잡고 수용소 문 쪽으로 갔다. 수용소 안에서 여자 포로들이 오가고 있었다. 군복을 입은 사람, 사복을 입은 사람 가지각색이었다. 후남은 눈치를 봤다. 드디어 수용소 안팎의 경비병이 보이지 않았다.

후남은 경비병이 열어놓은 좁은 문틈으로 날쎄게 들어갔다. 주저앉아 눈치를 보는데, 다행히 여병사 한 명이 다가왔다. 철망 밖에서 떡을 파는 아주머니 구경을 하는 척하며, 후남은 서서히 여병사에게 다가갔다.

"저기요, 지금 입으신 군복 같은 거 한 벌 살 수 있나요?"

"너 옷 장사하니? 어린 에미나이가 무슨~."

"내가 입으려고요. 돈은 잘 드릴게요."

여군이 회가 당기는 듯 후남 옆으로 와 앉았다. 후남이 물었다.

"그런데 혹시 어느 지방 출신이에요?"

"기건 왜 묻니? 너 먼저 말해보라."

"난 함경도 흥남 출신이라요."

"난 평안도라. 우리 친한 사촌 오라버니 한 분도 흥남 사셨지. 흥남부두 너무 멋지지 않니?"

"평안도 언니!"

후남이 나지막하게 불렀다. 둘 다 북조선사람인 데다 흥남을 안다니 갑자기 친밀감이 물결쳤다. 후남이 물었다.

"그 웃옷 좀 입어볼 수 있을까요?"

병사는 선뜻 겉옷을 벗어 후남에게 넘겨줬다. 후남은 친구들에게 보여주고 싶어서 돌아보았다. 그러나 덕신과 대봉은 각기 철망 안의 여군과 이야기에 빠져 있었다. 후남이 군복을 요리조리 살펴보는데, 갑자기 호각 소리가 요란스레 울렸다. 경비병들의 신호에 밖을 순찰하던 여자 경비병들이 들어가고 철문이 잠겼다. 후남이 허겁지겁 손을 흔들며 소리쳤다.

"아, 안 됩니다!"

총을 든 여군이 호각을 불며 소리쳤다.

"자유시간 끝! 모두 자기 막사로 간다. 실시!"

흩어져 있던 여자들이 막사 쪽으로 몰려 들어갔다. 다른 여병사가 후남 쪽을 가리키며 빨리 이동하라고 소리쳤다. 평안도 병사도 허겁지겁 일어서며 후남을 일으켜 세웠다. 그러나 일어서던 후남이 배를 부여잡은 채 주저앉고 말았다. 고개를 무릎에 파묻은 채로.

"윽, 배가 끊어질 것 같아."

덕신과 대봉이 달려와 바깥 철망을 붙잡고 섰다.

"후남아!"

"대체 어떻게 된 거야?"

그때 수용소 쪽에서 여군 포로 몇이 몰려왔다. 어깨에 총을 걸친 날쌔게 생긴 여병사가 호각을 불며 후남을 가리켰다.

"저 병사 의무실로 데려가라."

평안도 여병사가 엉겁결에 자기 군복을 입은 후남을 부축하고 섰다. 덕신이 소리쳐 불렀으나 덜덜 떨려 입이 떨어지지 않았다. 대봉도 멍하니 철망만 붙잡고 있었다. 후남 팔을 양쪽에서 낀 병사들이 수용소 벌판을 지나 어느새 막사 쪽으로 멀어져 갔다.

장사하던 아줌마들도 하나둘 자리를 뜨고, 철조망 안 수용소 마당도 텅 비었다. 겨울 햇살을 받은 산 그림자가 그곳에 장승처럼 내려앉았다. 대봉은 도깨비에 홀린 듯 넋이 빠졌다. 덕신이 가자고 말하지 않았으면 거기서 날을 세웠을지도 모를 일이었다.

＊

"엄마, 큰일 났어요!"

집에 들어오자마자 덕신이 소리쳤다. 일터에서 돌아온 엄마도 저녁을 준비하다 건성으로 물었다.

"무슨 일인데 그래?"

"후남 언니가 포로수용소에 갇혔어요. 흥남에서 올 때 배에서 사귄 언니예요."

"어느 수용소에?"

"산 위쪽 여자 포로수용소요."

엄마는 위험하게 어찌 그 외딴곳에 갔냐며 먼저 덕신을 혼냈다. 그 여자 포로수용소는 악명 높은 곳이라면서. 국군이나 미군이 철조망 밖을 지나가면 여자 포로들이 침을 뱉고 돌을 던지며 야유한다고 했다. 덕신이 말했다.

"엄마, 오늘 보니 그렇지도 않던데요."

"오늘이 장날 아니냐? 외부 사람에게 잘 보여야 원하는 물건을 사지. 어쨌든 게네 집에서 난리가 났겠구나."

"난리 피울 사람도 없어요. 후남 언니는 혼자 왔어요. 우리가 안 봤으면 쥐도 새도 모르게 사라질 뻔했다니까. 포로로 갇혔으니 어떻게 해요."

"절대 안 되지. 얼마나 힘들게 찾은 자유인데."

어디서부터 어떻게 손을 써야 할지 막막했다. 덕신은 계속 후남이 걱정되었다. 들켜서 두들겨 맞는 건 아닌지, 쫓겨나는 건 아닌지. 차라리 쫓겨나기만 하면 다행일 거다. 걱정되어 밥도 입에 들어가지 않았다. 엄마가 말했다.

"걱정한다고 문제가 해결되지는 않지. 밥이라도 먹으며 방법을 생각해 보자."

"네."

"어제 같이 일하는 아줌마가 포로수용소에 있는 사촌을 수소문해서 만났다더라. 물론 철망을 사이에 두고 말이지. 수용소 사정이 그렇게 나쁘지는 않다던데. 친공하는 포로들만 잘 피하면 된대."

"친공요?"

엄마가 설명했다.

"전쟁 중에 국군과 미군에게서 진 북한 전쟁포로가 대부분이래. 제네바 협약이라는 것 때문에 유엔에서 적극적으로 지원해 주니 물자는 바깥보다 더 풍부한가 봐."

"아, 그래서 장날에 그렇게 멋진 미제 물건이 많았군요. 초콜릿과 떡과 바꿔먹더라고요."

"문제는 친공과 반공으로 갈려서 피 터지게 싸운다는 거야. 공산주의를 지지하는 친공포로와 반공포로 싸움이 바깥 전쟁 이상으로 치열하대."

"거제도는 평화로운 섬이라던데 수용소 안에서는 또 다른 전쟁을 하고 있었군요."

"친공포로가 반공포로를 죽여서 시체를 철조망에 걸어놓았대. 아이고, 어린 너한테 할 말이 아니구나. 하지만 여자 포로수용소는 조금 나을 테니 너무 걱정하지 마."

"네, 아기도 기르나 봐요. 빨랫줄에 아기 기저귀랑 아기 옷이 있었어요."

엄마가 잠시 눈을 감았다.

"오, 하느님 감사합니다. 그 무시무시한 수용소에서 아기를 키울 수 있다니요."

"엄마, 저도 기저귀를 보니 가슴이 울컥했어요."

"우리 덕신이도 많이 컸구나. 모성 본능이야."

"전쟁이라는 괴물은 죄 없는 수많은 생명을 앗아가는 것 같아요."

"그래도 새 생명은 태어나지. 고귀하고 소중한 생명이 여성의 몸을 빌려서."

엄마는 잠든 동생의 이마를 쓸어내렸다.

"이 녀석이 안 아프고 잘 자라줘 고맙구나. 오늘 고현에서 새 수용소 가설 정비작업을 했어."

"아기까지 업은 채로요? 엄마, 너무 힘드셨겠어요."

"아니다. 일감이 있어 감사한 일이지. 그나마 수용소 설치 때문에 생긴 일감이야."

아버지가 안 계시니 엄마가 가여웠다. 엄마는 밥을 챙겨 오랜만에 마주 앉았다. 덕신이 소리쳤다.

"와, 쌀밥이다!"

"글쎄 집에 올 때 군인 밥통에 흰쌀을 한 통씩 담아주더라니까. 사람들이 신이 나서 더 열심히 일하는 것 같았어."

오늘 일하던 사람들은 갑자기 쌀 부자가 된 기분이었다. 쌀을 팔아 목욕도 하고, 머리 이발도 하고, 따뜻한 내의도 샀다. 삭신은 피곤해 금방 꺼질 듯해도 돈을 벌었다는 기쁨이 충만했다.

"이렇게 일하면 봄에는 천막집이라도 올릴 것 같다. 집안에 남자가 없으니 인부를 사려면 돈을 모아야지."

"어머니, 조금만 참으세요. 저도 밀가루 창고에서 일하니 돈이 좀 모일 거예요."

"고맙다. 전쟁통이라 딸자식까지 못 할 일을 시키는 것 같구나."

"아니에요, 어머니도 무슨 그런 말씀을. 그나저나 낮에 남자 포로수용소를 지나치는데 좌판 떡장수 아줌마가 옥분네를 부르는 소리를 들은 것 같아요. 그런데 돌아봐도 옥분네 얼굴은 못 봤어요."

"포로수용소로 모두 모여드는구나. 옥분네까지."

"우리를 찾을 법도 한데 왜 소식이 없을까요?"

"괘씸한 여편네. 내가 그리 챙겨주었으면 어떻게 해서라도 나를 좀 찾아오지. 서로 피난민 숙소에 있을 때도 코끝 하나 안 보였잖아."

"엄마, 이런 말 안 하려 했는데 사실은 옥분이도 좀 그래요. 남 잘되는 꼴을 못 보고 불평만 하는 애예요."

"그래, 나도 안다만 그 성질을 어쩌겠니? 제발 수용소에서라도 돈 좀 모아 남의 탓 않고 살면 좋겠다만."

덕신 엄마는 피난 숙소에 살 때도 몇 차례나 교실을 돌며 옥분네를 찾았지만 찾을 길이 없었다. 남편이 비명횡사한 마누라들끼리 남쪽 멀리 왔으니 서로 위로하며 살면 좋으련만. 남편은 살아생전에 불쌍한 사람이라며 옥분네를 많이 도와주었다. 오죽하면 비료 횡령으로 비료공장에서 잘렸다고 소문 난 옥분 아버지를 수도원 잡역부로 심어주었을까 말이다. 엄마가 말했다.

"나한테 연락 없어도 좋아. 수용소 덕에 돈이라도 많이 벌어 성격이 좋아지면 좋으련만."

옥분 엄마는 끝없이 신세 한탄을 하곤 했다.

"지지리도 본데없이 평생 소작농으로 살아 여태 이 모양이랍니다. 아무리 노력해도 항상 이 모양이니 맥이 빠져요. 나라가 한번 딱 뒤집히면 원도 한도 없겠어요. 그래도 한 번 흙수저는 영원한 흙수저려나? 우리 생전에는……."

덕신 엄마가 말했다.

"옥분 엄마, 언젠가는 모두가 잘살 날이 올 거예요. 지금이 제일 힘든 시기가 아닐까요? 일제에서 해방되자마자 또 남북으로 갈려 이렇게 싸우고 있으니."

"그러니까요. 일본에 붙어 잘 먹고 잘살다가 해방되어서도 떵떵거리며 나라를 위하는 척하는 놈들 보면 배알이 뒤틀려요. 옥분 아빠 과장인 그 상사도 일본 단물을 제법 빨았대요."

"우리가 내막을 잘 모르니 함부로 남의 말 하는 거 아니랍니다. 공산당이 마음대로 조작하는 세상이니 믿을 게 어디 있겠어요. 사람을 너무 미워하면 본인만 괴로워요."

"그래도 덕신 엄마는 먹고살 만하니까 그렇게 관대한 거죠. 아이고, 내 쓸데없는 소릴 했네요."

옥분 엄마는 탈탈 털고 일어섰다. 사회에 대한 원망으로 똘똘 뭉친 그런 사람이 바로 옥분 엄마였다. 옥분 아버지는 수도원에서 일하기 전엔 흥남 비료공장의 배달부였다. 횡령하다 들켜 법원을 들락거렸다. 그걸 직속 상관에게 둘러씌우고 사표를 냈다는 소문이 자자했다. 다행인지 불행인지 공산당이 경영에 관여할 때라, 회사에서는 지주계급인 과장만 박살이 났다고 했다. 그 후 과장이 폐인이 되었다는 소문이 흥남에 떠들썩하게 돌았다.

그 전부터 옥분네는 공산당에 찰떡같이 달라붙어 온갖 충성을 다했다. 지주에게 빼앗은 땅을 소작인에게 무상으로 분배한다는 말에 현혹되어 자나 깨나 그날을 기다렸다. 그러던 어느 날 공산당원이 수도원을 공격해 신부를 총살했다. 그때 집사인 덕신 아버지와 잡역부인 옥분 아버지까지 생죽음당하고 말았다. 사람들은 옥분네를 놓고 입방아를 찧었다.

"그 여자 정신이 나간 것도 복불복이지!"

사람들은 수군거렸고, 옥분네는 점점 질투의 화신이 되어갔다. 자기보다 나은 사람은 무조건 배격했다. 지주 땅을 나누어준다고 떵떵거리던 공산당마저 이제 적이 되었다. 어떻게 해서든 남을 짓밟고라도 잘 살아야겠다는 강박만 쌓여갔다. 옥분 엄마는 다짐했다.

"남한으로 내려갈 수만 있다면 무슨 수를 써서라도 한밑천 잡아

떵떵거리며 살아볼 거요."

"그래요. 열심히 살면 하느님이 반드시 도와주실 거예요."

덕신 엄마는 옥분네를 위한 기도를 게을리하지 않았다. 남한에서 새 삶을 찾기를 빌었다. 모녀에게 남하를 독려한 사람도 덕신 엄마였으니까. 그러나 덕신네는 옥분네가 항상 그들을 엿본다는 걸 몰랐다.

그러나 옥분 엄마는 맨 나중 배에 탄 후남을 단박에 알아보았다. 남편 횡령 사건 때 지서에 들락거리면서 비료공장 상사의 딸인 후남을 몇 번 본 적이 있었다. 부잣집 딸답게 잘 차려입고 나타나는 여아를 볼 때마다 배알이 틀리고, 꼴도 보기 싫었다. 남편을 궁지에 몰아넣은 상사의 딸이라 생각하니 괜히 울화가 터졌다. 그 부자가 뭐가 아쉬워 그런 짓을 했을까? 공산당이 제일 싫어하는 지주 계급 밑에서 일한 옥분 아빠 죄일지도 몰랐다. 어쨌든 분하고 원통해서 딸을 꼬드겼다.

"옥분아, 아무도 모르는 남쪽으로 숨자. 우리도 거기서 새 인생을 찾자. 무슨 수를 써서라도 한밑천 잡아보는 거야."

한편 덕신 모녀는 음지로 파고드는 옥분네를 상상도 하지 못했다. 상대방을 짓이겨야만 자신이 일어설 수 있다는 망상 속에 산다는 것조차도.

덕신은 달랐다. 배에서 내린 피난민들이 거제 동부학교로 행진해갈 때, 미군의 말을 몇 마디 통역했던 게 눈에 띄어 배급소에서 일하게 되었다. 덕원 수도원에서 영어를 가르쳐준 고마운 신부님, 그때 배운 게 이렇게 쓰일 줄은 상상도 못 했다. 항상 감사하는 마음으로 성실하게 살았다.

'배움이란 언제 어느 때고 제일 좋은 몫이다. 배움을 게을리하지 마라.'

다음 날, 차가운 바람이 좋은 아침이다. 덕신은 수용소의 후남을 생각하면 머리가 무거웠지만 걱정하지 않았다. 간절히 기도하면 분명 뭔가 길이 열리리라 생각했다.

배급창고로 출근하자마자 제일 먼저 해야 할 업무가 있다. 이건 일급비밀인데, 덕신네가 살게 된 집은 변소가 부족해 항상 눈치작전이 심했다. 헛간 입구 방에 덕신네가 살고, 부엌 쪽에 천막을 치고 다른 가족이 살게 되었다. 그나마도 주인이 교인이라 흥남에서 미리 연락해 이 댁에 살도록 연결해 준 덕분이다. 세 가족이 사니 10명이 넘는 식구가 아침이면 변소에 줄을 섰다. 줄 서는 동안에 정보교환과 하루의 역사가 이루어졌다.

어느 날 순서를 기다리다 지쳐 발을 동동 구르는 덕신에게 엄마가 아이디어를 냈다.

"덕신아, 좀 일찍 출근해서 바닷가 멋진 곳에서 일을 보면 어떨까. 우리 딸, 여왕님이 부럽지 않을걸?"

생각을 바꾸니 세상이 달라졌다. 차가운 아침 바닷바람을 깊숙이 들이키며 배급소 옆 변소에서 치르는 일은 덕신의 기분을 최고로 만들어 주었다.

그날도 창고 문을 열자마자 열쇠 뭉치를 던져놓고 변소로 달려갔다. 오늘은 다른 날보다 조금 늦게 출발했더니 완전 급하다. 쪼그리고 앉아 일을 보려는 찰나, 창고 문을 열어두고 온 게 생각났다. 피난민촌에 도둑이 엄청 극성이라는데 어쩌지? 배급받는 자기 식량이라도 잘 지키라고 난리들이었다. 그러나 덕신은 당장 돌아갈 수도 없는 처지였다. 쩔쩔매며 일어섰다 앉기를 반복하다 마음을 바꿔 먹었다.

'배급시간도 아직 멀었어. 이 바닷가까지 올 사람이 있으려고……. 덕신 님, 제발 여유를 가지세요.'

드디어 일을 다 본 덕신은 서둘러 일어섰다. 창고까지 일부러 천천히 걸었다. 변소가 더 멀리 있었으면 좋았을 거라는 생각도 했다. 오늘따라 창고까지 거리가 짧았다. 그런데 창고 문에 도착해서는 고개를 갸우뚱했다.

'이상하다. 분명히 문을 열어놓고 갔는데? 바람에 닫혔나?'

바깥을 살펴도 바람이 나무문을 닫을 만큼 세지는 않았다. 책상 위에 열쇠 뭉치가 그대로 있었다. 그 옆에 영한사전도 얌전히 놓여 있고. 그것은 덕신이 영어 공부에 관심 있다는 걸 알게 된 소장이 구해준 사전이었다. 배급시간 짬짬이 영어책을 펼쳐놓고 공부하는 게 행복하다. 전쟁이 끝나면 학교에 다니고 영어를 제대로 공부하고 싶었다. 창고 안을 둘러봐도 그대로였다. 덕신은 때로 너무 꼼 꼼한 자신이 싫었다. 스스로 주문을 넣었다.

'덕신 님, 책임감의 여왕도 좋으나 너무 사소한 일에는 신경 뚝!'

손가락을 입에 대고 다짐했다. 그리고 책상 위의 열쇠 뭉치를 집 어 들었다.

"휴, 이제야 살겠다. 이 시~원함. 그런데 무슨 열쇠가 이렇게 많 은지."

열쇠 주머니를 들어 흔들어본다. 처음 일을 시작할 때 미군 소장 이 열쇠를 한 개씩 짚어가며 설명해 주었다.

"이건 창고 앞문, 뒷문, 소장실 문 열쇠입니다."

"네, 소장님."

"덕신, 알겠지요? 앞문, 뒷문은 두 개씩 묶여 있어요. 만약의 경 우를 위해서요. 모든 열쇠는 항상 이곳에 걸어야 합니다. 다른 직 원이 필요할 때 사용할 수 있도록요."

미군 소장은 매사에 꼼꼼했다. 대강 넘어가는 게 없었다. 심지어 배급받은 사람 명단 작성 때도 남자 여자 성별을 꼭 적게 했다. 덕 신은 그때도 고개를 끄덕이며 앞문 열쇠에 부지런히 눈도장을 찍 었다. 그것만 있으면 창고를 열고 일을 시작할 수 있으니까.

책상 옆 열쇠고리에 열쇠 뭉치를 잘 걸어두었다. 다음 할 일은 전날 배급 타 간 사람을 정리해 소장에게 보고하는 거였다. 사람들 이 줄서기 전에 끝내야 한다. 오후까지 밀려드는 사람들 때문에 눈

코 뜰 새 없을 테니까.

책상에 앉은 덕신은 포로수용소로 쓸려 들어간 후남이 먼저 떠올랐다. 배가 아파 부축받던 모습까지. 몸이 괜찮아졌기를, 제발 나쁜 일이 없기를 간절히 기도했다. 어떻게든 수용소에서 빼내야 하는데 무슨 방법이 없을까? 이곳 소장에게 부탁해 볼까? 덕신은 어제 후남에게 일어난 일을 영어로 작성해 볼 요량이다. 소장에게 보여주고 후남을 빼낼 수 있기를 기도하면서.

붕~ 뱃고동이 아직은 잠잠한 아침 바다를 깨웠다. 항구에 원조 물자를 실은 배가 도착했음을 알리는 소리였다. 밀가루를 옮기는 손수레가 곧 들어오고 바쁜 하루가 시작될 것이다. 밀가루를 받아 들고 기쁨에 차 돌아가는 사람들이 벌써 눈에 어른거린다.

"고맙습니다."

"감사합니다."

후남이가 포로수용소에서 나와 그들 속에 섞여 오는 기적은 없는 걸까. 눈을 들어 멀리 여자 포로수용소를 바라본다. 시커먼 까마귀들이 떼를 지어 그쪽으로 고공비행한다. 뭔가 먹이라도 있는 것인지.

8
군복을 입은 소녀

수용소 의무실로 부축해 끌려 들어온 후남은 얼굴이 파랗게 질렸다. 독한 소독약 냄새가 코를 찔렀다. 배가 사르르 아픈 게 보통 병은 아닌 것 같았다. 아랫배가 빠개질 듯 뻐근했다. 평안도 여병사가 말했다.

"좀 누워 있어라."

후남은 갑자기 소변이 보고 싶었다.

"잠깐 변소 좀요."

"저쪽 밖으로 나가면 있다."

후남은 배를 쥐어 잡고 달려갔다. 변소에 쭈그리고 앉자마자 기분이 이상해 아래를 굽어보았다. 선지처럼 끈적한 빨간 피가 다리를 타고 흘러내렸다. 피는 바로 그 '중요한 곳'에서 나오는 것 같았다. 얼굴이 확 달아오르며 두려움이 후남을 짓눌렀다.

"흐흑."

후남은 흐느끼며 몸을 떨었다. 자꾸 눈물이 나왔다. 엄마도 보지 못하고 수용소에서 이렇게 죽게 되는 게 아닐까. 어디가 아픈 걸까. 한참을 흐느끼는데 옆 화장실에서 부스럭대는 소리가 들렸다. 후남은 울음을 멈추고 생각했다.

'후남아, 정신 차려야지. 이대로 무너질 순 없어. 어떻게 찾아온 남쪽인데.'

자신을 스스로 다그쳤다. 일단 흐르는 피를 닦아내야 한다. 옆 바구니에 담긴 종이로 허벅지를 훔쳤다. 뻣뻣한 종이라 깨끗하게 닦이지 않았지만 우선 속옷에 묻는 거라도 막아야 한다. 옆 칸에서는 큰일을 보는지 계속 힘을 주며 끙끙거렸다. 그 소리가 들리는 걸 보니 자기도 살아있다는 실감이 났다. 속옷도 약간 피에 젖어서 종이로 눌러 닦아냈다. 겨우 일어서니 통증이 우선해졌다.

의무실로 들어가기 전에 눈물을 닦고 옷을 한 번 점검했다. 여태 여병사 윗도리를 입고 있어 깜짝 놀랐다. 여병사에게 옷을 돌려주든가 값을 쳐주어야겠다. 옷을 털다가 내려다보니 군복 이름표에 '이선자'라는 글자가 새겨 있었다. 옷을 준 여병사 이름일까 아니면 다른 사람의 옷일까?

후남은 의무실로 들어섰다. 여병사는 약품 정리를 하며 돌아보지 않은 채 말했다.

"배 아픈 것 어떠니?"

"예~, 조금 나아진 것 같아요."

"전에도 그렇게 가끔 아팠니?"

"아뇨, 오늘 처음이에요."

"올 것이 온 것 같은데."

여병사는 그리 놀라는 눈치도 아니었다.

"네?"

후남은 알 듯 모를 듯 갑자기 가슴이 쿵쿵 뛰었다. 혹시 엄마가 말하던 '그것'이 아닐까? 죽을병에 걸렸다는 두려움이 물러가며 기쁨과 슬픔이 범벅되어 가슴을 두드렸다.

침대를 보니 후남이 두고 간 보따리가 흐트러져 있었다. '남의 물건에 손을 대다니!' 후남은 속으로 화가 났지만 여긴 군대니까 어쩔 수 없다며 자신을 달랬다. 여병사가 눈치챈 듯 돌아섰다.

"여기는 북한 여군 포로수용소야. 개인 물건은 용납되지 않아."

"……"

"하지만 이제 조사했으니 네가 소지해도 돼."

후남이 보따리를 들려고 침대로 허리를 굽히는데 여병사가 말했다.

"잠깐. 네 바지 엉덩이에……."

후남은 얼른 엉덩이를 돌아보다 얼굴이 후끈 달아올랐다. 점점

이 피가 번져 있었다. 여병사가 군인 바지를 하나 던져주며 말했다.

"이거 입어. 넌 운 좋은 줄 알아라. 특별한 경우다."

후남은 일단 바지를 집어 품에 안고 나가려 했다. 여병사가 말했다.

"변소 갈 필요 없다. 여기서 갈아입어."

후남이 바지를 들고 돌아서는데 말소리가 들렸다.

"참, 짐부터 열어봐라. 이곳 규정으로 내가 대강 체크는 했다만."

후남은 떨리는 손으로 보따리를 열었다. 빼앗지 않고 돌려준 것만 해도 감지덕지다. 꼭 아기 기저귀처럼 하얀 무명천이 몇 겹으로 접힌 채 위아래에 가는 고리가 달렸다. 그걸 펼치니 구석에 까만 실로 'ㅇㅎㄴ'이라는 글자가 박혀 있었다. 후남은 고개를 갸우뚱했다. 할머니가 꼭 잘 간직하라던 말이 불현듯 떠올랐다. 여병사가 말했다.

"혼자서 피난선을 탄 거구나. 어쨌거나 넌 이제 진짜 여자가 된 거야. 축하해!"

후남은 부끄러우면서도 코끝이 싸하도록 감격스러웠다. 무서운 북한 여군이 그런 말을 해주다니! 평안도 병사는 계속 말했다.

"앞으로 몸단속 잘하고, 엄살떨지 말고 잘 견뎌내라. 우리는 전쟁 중에도 달거리를 치르며 버텼거든. 한 달에 한 번씩 어김없이 찾아오는 붉은 손님. 더운 여름에는 그것 처리가 죽음처럼 고통스러워. 행군할 때는 더하지."

후남은 새 무명 냄새가 나는 달거리 패드를 한참이나 볼에 대고 있었다. 눈물이 솟아 코끝이 매콤해졌다. 할머니랑 엄마 냄새가 푹 풍겼다. '여후남'이라고 표시한 자음을 슬그머니 쓸어보았다. 여병사가 고무줄과 접힌 팬티 한 장을 던져주며 말했다.

"패드 고리에 이 고무줄을 끼워서 허리에 묶는 거다."

"아, 패드에."

후남은 '패드'라는 영어단어를 중얼거려 보았다. 패드 고리에 고무줄을 끼우고 가만히 서 있었다.

"그렇게 목석처럼 서 있지 마. 눈에 거슬려."

후남은 놀라서 퍼뜩 몸을 돌렸다. 어둑한 구석으로 가서 피 묻은 바지를 벗었다. 맨몸에 달거리 패드를 차고 팬티와 군복 바지를 입었다. 여병사는 돌아선 채 계속 말했다.

"달거리는 여자의 굴레이자 자존감의 근원이야. 그래서 전쟁 중에도 아이는 생산되고 세상이 유지되거든."

후남은 '생산된다'라는 말이 몹시 거슬렸다. 귀신처럼 여병사가 눈치챈 듯 덧붙였다.

"생산되는 게 어때서? 아이가 저절로 하늘에서 떨어지지는 않잖아? 씨앗이 여자의 몸을 빌리고 섭생해 만들어지는 것이니까 생산이라는 말이 적당하다고 생각해."

"아!"

"우리 수용소에도 임신한 병사, 아기를 낳은 병사, 아기를 키우며 우리의 영광스러운 조국 북조선으로 돌아갈 날을 기다리는 병사 등 가지각색이야."

"이제 저는 어떻게 되나요?"

여병사는 자기 실수로 수용소에 들인 아이를 숨겨야 한다고 말했다. 들키면 당장 친공포로들이 자기에게 자아비판을 시킬 거라면시. 후남의 신분을 숨기고 원래 수용소에 있던 것처럼 행동하면 발각되지 않을 거라고도 했다. 여기 있다가 식사 시간이 되면 함께 움직이자면서 여병사가 물었다.

"이름은? 몇 살이니?"

"여후남. 이제 열다섯이에요."

"아, 달거리 패드에 쓰인 암호! 누가 수놓은 걸까? 'ㅇㅎㄴ!'"

"우리 할머니요."

"훌륭한 신식 할머니시네. 오늘을 위해 선견지명까지 있으셨군! 수용소에서도 빨래터에 너는 옷이나 달거리 패드를 서로 훔치고 난리야. 그러니 그런 표시가 필요할 거야. 달거리 패드는 엄청 귀해서 모두 탐내는 품목이니 특별히 신경 쓰도록."

"흐흐, 감사합니다."

"때로는 남자 포로들이 담을 넘어와 훔치기도 해. 그걸 갖고 있으면 전선에서 목숨을 부지할 만큼 재수가 좋다나 봐. 어쨌든 깨끗이 빨아 말리고 잘 간직해라."

"네, 고마워요."

"후남이라~. 그럼 남동생 터는 팔았니?"

"네, 다행히요."

"열다섯이라고 했지. 나랑 두 살 차이구나. 나도 너만 한 동생을 북한에 두고 왔어. 연년생이라 항상 원수처럼 싸웠는데 떨어져 있으니 제일 보고 싶네."

"그런데 할 말이 있는데요."

"뭔데?"

"저~, 평안도 언니라 불러도 돼요?"

"와, 나도 여동생이 생기는구나. 그런데 조건이 있어. 다른 포로들 앞에선 간호장교다."

"알겠어요, 장교님. 저도 돌 지난 남동생이 있는데 정말 보고 싶어요."

"그렇지? 피가 통하는 게 뭐라고 가족이 그렇게 보고 싶은지 몰라. 내가 간호학교 갈 적에는 평생 반신불수로 누워 있는 할머니 병을 치료하고 싶었지. 간호장교가 되어서 이렇게 남조선 거제도 수용소에 잡힐 줄은 꿈에도 몰랐어."

둘은 벌써 고향 이야기를 나누고 있었다.

"그럼 언니네 할머니는 살아 계세요?"

"말도 마라. 할머니랑 어머니가 집을 지키고 있었는데, 국군이 남으로 퇴각하면서 우리 마을에 송두리째 불을 지른 거야. 그때 다 돌아가셨다. 뼈다귀도 못 추렸어야."

간호장교의 얼굴에 눈물이 글썽했다.

"아……."

후남은 더 아무런 말도 할 수가 없었다.

"그럼 너희 할머니, 할아버지는?"

"……"

순간 후남은 심한 마음의 갈등이 일었다. 말해야 하나 말아야 하나. 아버지는 인민군에 끌려가고, 할아버지는 함경도 집단농장에 있다는 걸 철저하게 비밀로 하라고 하신 할머니. 이걸 폭로하면 후남은 공산당의 적인 자본가 지주의 딸로 낙인찍힐 것이다. 특히 이 북한군 포로수용소 안에서는 반동으로 몰릴 수 있었다. 그리고 보면 밖에서 살 때가 더 맘 편했다. 후남은 말을 돌렸다.

"전쟁이 끝나면 제일 먼저 보고 싶은 사람은 우리 할머니예요."

"할머니를 무척 좋아했구나."

"네."

"내 정신 좀 봐. 아이 가진 엄마 병사들 모임에 참석해야 하는데."

평안도 언니는 나가려다 후남을 돌아봤다.

"이 안에선 바쁘게 지내는 게 좋아. 사실 여기선 전쟁이 없으니 돌볼 군인이 많지 않아서 간호병들이 그리 바쁘지 않아. 대신에 임신부와 아기를 돌볼 일이 많지. 덕분에 부지런히 자기 계발도 할 수 있어. 뜨개질 강습, 글쓰기 반, 한글과 영어 배우기 반, 목공 반 다양해."

"아, 좋네요."

이 안에 갇히면 죽는다고 생각했었는데 조금씩 마음이 풀렸다. 앞장서 나가는 간호장교에게 물었다.

"나도 따라가도 되나요?"

"오케이."

"그런데 옷값은…… 얼마예요?"

"됐다. 네가 수용소로 들어왔으니 너도 이곳 여군이야. 그러니 옷값은 그만둬. 평안도 언니가 주는 거라 여겨라. 그런데 네 가슴의 이름표 말이야."

"언니 이름 아닌가요? 이선자."

"아니 내 이름은 권효숙. 여러 사람이 입던 군복이 흘러들어와 여기선 군복 이름은 그냥 마스코트로 달고 다니지. 영 기분 나쁘면 뜯어버리던가. 죽은 여군의 군복일 수도 있지."

"괜찮아요. 어쨌든 멋진 군복을 주셔서 정말 고맙습니다. 꼭 입고 싶었거든요."

후남은 여태 입던 찌든 옷을 벗어 던지니 날아갈 듯 상쾌했다. 달거리 패드가 좀 걸리적거리긴 했지만, 여자 어른이 된다는 자부심으로 참을 만했다. 얼마 동안 북한 간호병 이선자가 되는 거다.

수용소에는 국적 없는 군복이 많이 흘러들었다. 미군복, 북한 군복, 심지어는 국군 군복까지. 헌 옷은 새 옷으로 둔갑하고, 새 옷은 헌 옷이 되어 주인을 기다렸다. 수용소 밖의 부지런하고 가진 것 없는 가난한 사람들은 군복장사로 한밑천 잡으려고 눈에 불을 켜고 수용소에 접근했다.

'아, 그게 대봉네가 하는 장사였구나!'

후남은 퍼뜩 대봉의 얼굴이 스쳐 갔다. 위기에서 자기를 구해준 아이. 주먹밥을 건네주며 손바닥에 소금 한 꼬집을 얹어주던 맑은 눈망울이 그립다. 이제 그 아이를 자주 볼 수 없다는 생각에 가슴이 저린다. 간호장교가 소리쳤다.

"따라오려면 빨리 오든가."

문이 닫히기 전에 후남은 얼른 따라나섰다. 아랫도리가 묵직하고, 뭔가 뜨거운 울혈이 퐁퐁 쏟아져 내리는 느낌이었다. 왜 이런 고통을 겪어야 어른이 되고 여자가 되는 걸까. 그래도 아는 병이니 다행이다. 다른 막사로 가는 길은 제법 멀었다. 황량한 벌판 사이로 나란히 서 있는 막사 사이를 걸었다. 그 사이로 빨랫줄에 몇 개씩 걸린 기저귀가 펄럭이자 간호장교가 크게 말했다.

"저건 희망의 깃발이야!"

희미한 산야의 겨울 햇살이 안간힘을 다해 기저귀를 하얗게 표백시키고 있었다. DDT 세례를 받지 않아도 너끈히 소독할 수 있다는 듯이. 어느 막사에선가 아기가 우렁차게 울어댔다. 그 울음소리는 여자 포로들에게 다시 일어설 힘을 실어주었다. 후남도 덩달아 가슴이 벅차올랐다. 가슴과 온몸에서 알 수 없는 뜨거운 불꽃이 솟아올랐다. '이선자'라는 명찰이 박힌 군복을 가만히 쓸어보았다.

9
밀가루 도둑

덕신은 엄마의 규칙적인 숨소리를 들으며 조용히 일어났다. 밖으로 나오니 하얀 달빛이 천지에 뿌려지고 있었다. 내일은 정월 대보름. 고향에서처럼 달이 밝고 먹을 것이 넘치는 풍요로운 명절이면 좋겠다. 그때는 오늘 같은 날이면 흔전만전했다. 볏섬 만두와 다섯 가지 곡식을 넣은 오곡밥에 호박고지, 시래기, 고사리, 아주까리잎 나물 생각이 간절하기만 했다. 엄마가 장작불에 찐 무쇠 오곡밥은 쫀득거리며 구수했는데.

그날 남자애들은 "망월이 간다!"라고 외치며 깡통불을 돌렸다. 천지가 환한 달밤에 남자애들이 돌리는 깡통불을 따라 언덕을 뛰어다닐 때면 미치도록 황홀했다. 세상이 온통 자기 것이었다. 환한 달님도, 언덕에 메아리치는 동네 머스마들의 "망월이야!"라는 고함까지도. 덕신에게 인생은 화려한 나들이였고 아련한 환상이었다.

그런데 전쟁이 터지고 세상이 달라졌다. 세상은 어둠과 두려움, 그리고 온통 잿빛 슬픔이었다. 이제 사람들은 언제가 흥겨운 보름인지도 몰랐다. 아니 보름을 아예 잊으려는 듯했다. 엄마는 아기를 재우며 졸리는 목소리로 말했다.

"그깟 명절이 뭐라고. 내일 일찍 일 나가야 하니 얼른 자자."

엄마는 아예 보름을 입 밖에 내지도 않았다. 그나마 오늘 먹은 쌀밥이 일꾼들에게 베푼 보름 선물이었던 거다. 덕신은 가슴이 답답했다. 휘영청 밝은 보름달을 보아도 머리가 멍했다. 이제 달 앞에서 빌어야 할 것도 소원할 것도 없었다. 안에서 엄마의 고단한 잠꼬대가 들려왔다.

덕신은 다시 방으로 들어가 열쇠 꾸러미를 들었다. 그리고 걷기 시작했다. 차갑게 불어오는 바닷바람에 볼이 얼얼한데, 부지런히 걸으니 커다란 달님이 쉬지 않고 따라왔다. 더 빨리 걸으면 달님도 더 빨리 따라왔다. 가는 길을 비춰주고 싶은 건지, 덕신이 마음을 들여다보고 싶은 건지 아리송했다. 아무도 없는 환한 밤길이 무섭도록 적막했다. 덕신은 자꾸 주문을 넣었다.

'걱정하지 마. 다 잘될 거야. 이렇게 열심히 일했는데 그거 한 자루 집어 온다고 죄가 되지는 않아.'

덕신은 그 밀가루를 팔아 오곡을 사는 엄마를 그려보았다. 보름인데 딸에게 맛난 음식을 못 먹이던 엄마는 이제 신이 날 것이다. 덕신이 좋아하는 말린 아주까리잎도 살 것이다.

'엄마는 북쪽 집에 두고 온 여름내 말린 마른 나물들을 그리워하시겠지. 그러니 그걸 두 자루 정도만 집어 오는 거야.'

아까는 밀가루 한 자루였는데, 이제 두 자루로 마음이 바뀌었다. 오곡과 마른 나물을 사려면 그 정도는 팔아야 한다. 걸을 때마다 찰랑거리는 열쇠가 덕신을 깜짝깜짝 놀라게 했다. 덕신은 아예 열쇠 뭉치를 손에 꼭 쥐었다. 이제 찰랑거리는 소리가 멈췄다. 거의 창고에 가까워지자 가슴이 뛰었다. 다시 한번 주위를 돌아보아도 쥐새끼 한 마리 없다. 바닷바람에 마른 낙엽 몇 개가 덕신의 발을 쓸고 지나갔다.

드디어 창고가 코앞이다. 손을 펴 열쇠를 잡는 순간 뭔가 희미한 불빛이 어른거렸다. 주위를 둘러보았다. 그러나 아무도 없다. 달빛이 환해서일까 싶어 하늘을 올려다보았다. 그런데 다시 불빛이 어른거렸다. 앗, 불빛은 나무 창고 문 사이로 새어 나오고 있었다. 덕신은 숨을 죽였다. 열쇠 뭉치를 꼭 쥐고 문틈에 눈을 갖다 댔다. 새어 나오던 불빛이 다시 꺼졌다. 이번에는 문틈에 귀를 가까이 댔다. 안에서 부스럭거리는 소리가 들렸다. 문을 슬그머니 밀어보았으나 꼼짝도 하지 않았다. 그 순간 그렇다면 뒷문이라는 생각이 번개처럼 스쳤다.

덕신은 발소리를 죽이고 창고 뒤로 걷기 시작했다. 뒷문은 덕신이 한 번도 열어보지 않은 창고 문이었다. 밀가루를 배달하는 아저씨들이 주로 사용하는 문이다. 배급 날 밀가루가 도착하면 손님들을 피해 뒷문으로 물건을 들였다. 창고 옆으로 돌아가 본 적이 없어서 어두운 길은 낯설고 길었다. 돌이 박힌 흙바닥이 가끔 발바닥에 부딪혔다. 긴장한 탓인지 엄동설한인데도 발바닥은 진땀으로 끈적거렸다. 고양이 걸음으로 겨우 뒷문에 도착했다.

아니나 다를까 뒷문이 조금 열려있었다. 그 사이로 불빛이 보이고 두 사람이 왔다 갔다 어른거렸다. 한 사람은 자루를 머리에 얹고 어깨에 걸쳤다. 다른 사람은 양쪽 겨드랑에 한 개씩 들었다. 희미한 불빛에 보이는 건 여자 형상이었다. 덕신은 우선 한숨 놓았다. 남자 도둑보다는 덜 무섭다고 생각하며 창고 문을 미는 순간 불빛이 툭 꺼졌다. 저벅거리는 발걸음 소리가 문을 향해 다가왔다. 머리에 자루를 얹은 여자가 투덜댔다.

"문을 닫아 놓았는데 바람에 열린 거야? 쳇, 무슨 놈의 문짝이 눈만 흘겨도 바람에 날아가겠다."

덕신도 아침에 변소 다녀온 일이 생각났다. 그때는 열어놓았던 문이 닫혀있었는데 이번엔 닫혔던 문이 열렸다는 거였다. 덕신은 고개를 갸우뚱거렸다. 그때 안에서 속삭이듯 목소리가 들렸다.

"엄마, 문짝이 그러거나 말거나 빨리 가요."

머리에 자루를 인 여자가 그냥 가려는 여자를 급히 밀었다.

"옥분아! 문은 잠가야지. 발각 나면 이 짓도 끝장이야."

옥분이라고? 덕신은 기절할 듯 놀랐다. 손에 쥔 열쇠 꾸러미를 떨어뜨릴 뻔했다. 진땀이 나 꼭 쥐었다. 발이 땅에 달라붙은 것만 같아 꼼짝할 수도 없었다. 죄 없는 열쇠만 으스러지게 쥐고 기도했다.

'주님, 어떻게 해야 하죠? 제발 제가 현명하게 행동하도록 도와주세요.'

옥분은 양쪽에 밀가루 자루를 내려놓은 채 열쇠를 꺼냈다. 열쇠가 열쇠고리에 잘 안 들어가는지 계속 달그락거렸다. 덕신은 숨을 죽이고 벽에서 몸을 떼며 다가갔다. 그리고 용기 내어 말했다.

"옥분아, 여기서 뭐 하는 거야?"

옥분네는 헛것이라도 본 것처럼 화들짝 놀랐다.

"악! 너, 넌 덕신이?"

"에구머니, 사람 살려!"

옥분이 대들 듯 소리쳤다.

"미쳤냐? 그러는 넌 이 밤중에 여긴 왜?"

덕신이 대답하지 못하고 우물거리는데 옥분 엄마가 말했다.

"밤중에 배급 주러 오는 건 아닐 테고……. 보통 수상한 게 아니네."

"……"

옥분 엄마가 다시 말했다.

"우리가 모른 척해줄게!"

모녀는 밀가루 자루를 머리에 이고 지고, 양 겨드랑이에 낀 채 쏜살같이 달아났다. 한참 타닥거리던 발소리가 사라졌다. 주위는 얼음처럼 차갑고 고요했다. 휘영청 밝은 달만 환하게 비추었다. 덕신은 갑자기 한기를 느끼며 몸을 떨었다. 두 개의 그림자가 멀어지자, 열쇠를 하나씩 헤아리기 시작했다. 그런데 두 개씩 짝인 열쇠가 한 개 모자랐다.

'어디로 갔지?'

고개를 갸우뚱거리며 머리를 굴렸다. 어디서 잃어버렸는지 전혀 기억이 없었다. 그때 시커먼 땅바닥에 쇠붙이가 보였다. '앗! 이거다.' 중얼거리며 키를 주워들었다. 잃어버린 한 짝에 대니 시커멓게 낡은 모습이 틀림없는 밀가루 창고 열쇠였다. 덕신은 다시 혼란에 빠졌다. 이 열쇠가 자기 열쇠 뭉치에서 떨어진 건지 옥분이 채우려고 달그락거리던 건지 알 수가 없었다.

'옥분이 가져갔다면 그게 언제일까?'

짚이는 것이라곤 어제 변소에 갈 때 열어놓았던 문이 닫힌 것뿐이었다. 고민에 싸인 채 덕신은 집으로 향했다. 밀가루를 가져가려던 생각은 천 리로 달아났다. 스미스 배급소장에게 어떻게 보고할지가 걱정이었다. 밀가루 네 자루를 도둑맞았다고, 열쇠가 없어졌었다고 말하면 믿어줄까?

집에 도착하니 엄마는 동생에게 젖을 물린 채 곤히 잠들어 있었다. 두어 자루라도 밀가루를 팔아 엄마에게 보탬이 되고 싶었는

데……. 옥분네를 만나는 통에 그 일은 좌절되었지만 어쩌면 옥분
네가 구세주였는지도 모른다. 덕신이 죄짓지 않게 도와준 그런 구
세주. 엄마는 아는지 모르는지 중얼거렸다.

"어서 자자. 내일 일 나가야 해."

덕신은 얼른 이불 속으로 들어가 눈을 감았다. 옥분 얼굴이 확대
되어 다가온다. 차마 아는 사이에 그들에게서 밀가루를 뺏을 수는
없었다. 옥분 모녀는 작심한 듯 밀가루를 훔쳐 들고 사라졌다. 문
을 잘 닫고 후남에게 열쇠까지 반납한 채로.

'그 정도면 옥분네가 흔적을 없앤 것 아닌가?'

'밀가루가 내 것도 아닌데 목숨을 걸고 지켜야 할 이유가 있을까?'

덕신은 별별 걱정을 다 하느라 늦은 시간에야 깜박 잠이 들었다.

*

늦잠을 잔 덕신은 다음 날 허둥대며 일터로 나갔다. 보통 때는
덕신이 항상 먼저 문을 열었는데 오늘은 창고 문이 벌써 열려있었
다. 창고 안에서 배급부장, 스미스 소장, 배달담당자가 모여 이야
기하다 덕신이 들어서자 후다닥 말을 멈추었다. 창고 안 분위기가
여느 때와 달리 뭔가 썰렁했다. 덕신은 눈치를 보며 조심스레 열쇠
뭉치를 열쇠고리에 걸었다.

배급부장이 덕신을 불렀다. 배급부장은 미군에서 일했던 아저

씨라 영어를 잘했다. 일도 열심히 하고 덕신에게도 친절했다.

"덕신 양, 여기 와 앉아볼래요?"

덕신은 뭔지는 모르지만 안 좋은 일이 벌어질 거라는 예감이 들었다. 가슴이 덜컹 내려앉았다. 부장이 말하기 딱하다며 이야기를 시작했다.

"음, 부서가 들어왔어요. 덕신 양을 의심하는 건 아니지만 일단 접수된 사항을 덕신 양도 알고 있어야 할 것 같아서요."

내용인즉 투서자가 덕신이 밀가루 훔치는 걸 목격했다는 거였다. 이름까지 김덕신이라고 밝혔다. 배급담당자도 머리를 끄덕였다. 며칠 전부터 밀가루 포대 수가 줄어든다는 걸 알았지만 큰 변화는 아니라서 그냥 묵인했다고 했다. 덕신은 곰곰 생각했다.

'그렇다면 어제뿐만 아니라 그 전부터 밀가루를 훔쳤다는 말인데.'

그런데 오늘 아침 일찍 부장 댁에 투서가 날아들었다. 투서가 들어온 이상 새벽부터 밀가루 재고 조사에 들어갔고, 밀가루 대여섯 포가 없어졌다는 걸 확인했다며, 부장이 물었다.

"창고 열쇠를 가진 건 나와 스미스 소장, 그리고 덕신 양뿐이지요?"

"네, 그런데……."

덕신은 열쇠 이야기를 하려다 말았다. 그 이야기를 누가 믿겠는가 말이다. 스미스 소장이 말했다.

"우리는 덕신 양의 정직함과 성실함을 믿어요. 하지만 바깥사람들이 투서하고 주시하고 있으니 조사는 해야죠. 몇 자루 없어진 걸 밝힐 방법이 없네요. 배급 문제는 피난민 전체의 목숨줄이라 모두의 관심사예요."

배달 아저씨가 말했다.

"우리 장승포 지역 말고, 다른 부두 배급소에서는 완전 난리가 났었어요. 미국인 배급소장한테 뇌물을 먹이고, 배급품을 몽땅 빼돌린 일이 있었거든요."

스미스 소장이 말했다.

"맞아요, 나 아는 미국 친구인데 미군 당국에서 퇴출명령이 떨어졌어요. 어쨌거나 거제에서 쫓겨나게 생겼어요. 그 친구 어쩌다 그런 일에 엮였는지 너무 안됐어요."

배급부장이 소장을 바라보며 말했다.

"친구라니 참 안 됐네요. 저는 그냥 말한 거였는데."

배달 아저씨도 말했다.

"그를 꼬드긴 한국사람 죄가 더 크지요. 창피한 일이지만 그 사람이 국군 간부라던데요."

소장이 말했다.

"언제 어디서나 그런 일은 있어요. 더구나 이런 전쟁통에야."

모인 사람들은 동정하고 비난도 하면서 혀를 찼다. 그러나 덕신은 동정받아야 할 사람은 자기 자신이라는 생각이 들었다. 지금 밀가루 도둑이라는 누명을 쓰고 있다. 어떻게 변명해야 할지 눈앞이 깜깜했다.

"저, 저는 아니에요. 절대 아닙니다. 맹세코!"

소장이 말했다.

"나도 덕신 양을 믿어요. 절대 그럴 사람이 아니라는 것을. 누군가의 모함일 수도 있을 겁니다. 잘 생각해 봐요. 짚이는 게 없는지."

부상이 말했다.

"그러게요. 무슨 조치를 내리지 않으면 투서한 자가 분명히 문제를 크게 일으킬 게 분명해요."

소장의 '짚이는 게 없는지'란 말에 덕신은 가슴이 뜨끔했다. 분명 옥분네의 범행현장을 목격했다. 그러나 밀가루를 들고 가도록 눈감아 주었다. 그런 점에서 덕신은 공범일 수밖에 없었다.

지금 두 가지가 맘에 걸린다. 첫째, 열쇠 보관을 제대로 하지 못한 죄는 덕신에게 있다. 정황으로 미루어 그날 아침에 열쇠가 사라진 게 아니었다. 덕신이 아침마다 변소 가느라 자리를 비운다는 것을 아는 범인은 며칠 전 열쇠를 훔쳤을 것이다. 둘째, 어제는 덕신도 밀가루를 훔칠 마음으로 창고에 갔다. 옥분 모녀와 마주쳤으니 그들 역시 덕신을 의심할 수밖에 없었다. 대보름날 밤 외딴 바닷가 창고에 간 소녀가 귀신을 만나러 간 건 아닐 테니까. 덕신은 심각하게 고민에 빠졌다. 그걸 본 소장이 일어서며 말했다.

"덕신 양, 우선 열쇠고리를 책상 안쪽에 두도록 합시다. 그리고 잠깐 나 좀 봐요."

모두 일하러 나가고 소장과 덕신이 마주 보고 앉았다. 소장이 조용히 말했다.

"덕신 양이 결백하다는 것을 나는 누구보다도 믿어요."

"감사합니다, 소장님."

"덕신 양이 여러 사람의 입방아에 오르내리지 않았으면 좋겠어요. 거제라는 좁은 섬에서 그런 누명을 쓰고 살게 되면 보통 힘들지 않을 거예요."

"......"

"그러나 'Out of sight, our of mind'라는 말 알죠? 사람들은 눈앞에 안 보이면 금방 잊어버려요. 그런 곳을 생각하다 수용소가 떠올랐어요. 그곳에 통역이 필요하다는 소리를 들었는데. 덕신, 그곳에서 일해 볼 생각 없어요?"

의외의 제안에 덕신은 자기 귀를 의심했다. 막노동 자리도 얻기 힘든 판국에 통역이라니. 덕신은 귀가 번쩍 뜨이면서도 다음 순간 걱정이 되었다.

"제가 어떻게 수용소에서 그 어려운 영어를 통역하지요?"

"거기도 사람 사는 세상이라 똑같아요. 바깥사람들과 똑같은 일상이 이루어지고 있어요. 미군이 전격 관리하고, 국군이 배치되어 있긴 하지. 그러나 수용소 담당자는 수용소 사람들의 실상을 알아야 하거든. 그러니 덕신 능력으로 충분할 겁니다."

그 말을 듣고 보니 덕신은 갑자기 후남이 떠올랐다. 후남을 만날 수 있으니 꿩 먹고 알 먹는 거였다. 입 밖에 내지는 않았으나 속마음은 이미 흥분해 있었다.

"네, 신경 써주셔서 정말 감사합니다."

"덕신 양이 정직하고 성실하니 하느님이 도운 겁니다. 오늘 배급까지는 마무리 잘해주세요."

"네, 알겠습니다."

덕신은 자신 있게 대답했다. 그러나 다음 순간 '정직하고 성실한'이라는 소장 말이 은근히 덕신의 가슴 한구석을 두드렸다. 그곳에서 공범이라는 빈정거림이 계속 들려오는 것 같았다. 덕신은 영어 공부를 할 때 만난 문구를 중얼거리며 마음을 달랬다.

"아웃 오브 사이트, 아웃 오브 마인드."

이제 밀가루 창고를 떠나면 밀가루 일은 다 잊게 될 거다. 아니 모조리 잊고 싶었다. 책상 위를 물걸레로 박박 문질러 닦았다. 배급소 일을 하며 이렇게 열심히 걸레질한 건 오늘이 처음이자 마지막일 거였다.

대봉이 밀가루 배급을 받으러 꼭 나타나면 좋겠다. 맑고 기분 좋은 그 친구 얼굴만 생각하기로 했다. 후남은 기분이 점점 좋아지고 있었다.

10
소녀의 눈물

여느 때처럼 주자 골을 따라 펼쳐진 수용소의 아침은 평화로워 보였다. 가끔 아이들 손을 잡고 오는 어린 엄마 병사들 모습이 한가롭기 그지없다. 포로수용소 막사 사이 지붕엔 연락책이 한 사람씩 망을 보고 있었다.

후남은 일어나자마자 부엌 앞에 나가 긴 줄을 섰다. 세수할 따뜻한 물을 배급받을 수 있는 건 밖에서는 누려보지 못한 행운이었다. 어떨 때는 언니들이 후남을 앞에 세워줬다. 간호장교를 따라다니는 후남도 당연히 간호병일 거라고 여기면서. 후남의 나이를 알고 나서는 어린 병사를 줄여 '어병'이라고 불렀다.

"어병, 내 앞에 서라."

"어린 것이 전선에서 간호병 노릇 하느라 애썼네."

"내 둘째 동생 나이밖에 안 되는데."

"그런데 어병, 너는 어디서 붙잡혔어?"

호랑녀의 갑작스러운 질문에 후남은 순간 어물거렸다. 그녀는 키가 크고 광대뼈가 불거진 간호장교였다. 평안도 언니와 비슷한 서열인데, 그녀는 '여포의 호랑녀'로 통했다. 여자 포로수용소가 길다고 연락책이 '여포'라고 불렀던 게 그대로 상용어가 되었다. 호랑녀는 다른 막사 책임자였는데, 여포 전원의 친공화를 위해 물불을 가리지 않는 무서운 장교였다. 후남은 그녀가 나타나면 항상 눈을 내리깔고 모른 척 피했다. 그런데 오늘 딱 걸리고 만 것이다. 그녀는 의심하는 눈초리로 다시 물었다.

"어병, 너 어느 전선에서 활동했냐고?"

평안도 언니가 후남을 나무라듯 말했다.

"후남 병사, 좀 똑똑히 발언하는 법 좀 배워두라. 이 어벙한 에미나이는요~. 함경도가 고향인데 남으로 지령받았잖소. 충청도 계룡산 진지에서 간호병 노릇 하다가 국군에 잡혔대요. 어린 것이 꽤 고생했겠지요."

후남은 순식간에 계룡산 간호병으로 둔갑했다. 평안도 언니의 기지에 안도의 숨을 내쉬며 주위를 돌아보았다. 다른 병사들도 의심을 해소한 듯 눈초리가 부드러워졌다. 낯이 익지 않은 병사를 간호장교가 끼고도는 게 못마땅했었나 보다. 호랑녀가 표정을 누그러뜨리며 물었다.

"함경도 어딘데? 그럼 나랑 동향이잖아."

후남은 가슴이 철렁 내려앉았다. 자기네 집안을 알게 되면 끝장이었다. 고향을 말해야 할지 잠시 망설이는데 마침 덕원이 떠올랐다. 덕원 수도원과 방긋 웃는 예쁜 덕신 얼굴이 교차하며 스쳐 갔다.

"고향이 어디냐고?"

호랑녀 호령에 후남은 퍼뜩 정신이 들어왔다.

"아, 네. 우리 집은 덕원에서 좀 떨어진 동네예요."

"흐흐, 덕원이 아니라 다행이군. 여병들! 북한 인민들이 모두 아는 덕원 수도원 사건 알지? 종교는 인민의 아편이요, 제국주의의 무기라고 했어요. 우리 공산당이 덕원 수도원을 모조리 박살 낸 것도 그런 이유에서야."

여포들은 약속이라도 한 듯 입을 다물었다. 후남도 몸을 떨었다. 치밀하게 계획된 공산당의 음모에 희생된 아버지가 떠올랐다. 덕신을 통해 덕원 수도원에서 있었던, 공산당의 모든 만행을 들었다. 일본 제국주의 시절부터 사랑과 평화를 표방한 《가톨릭 청년》이라는 잡지를 만들고, 식민지 반대를 외치던 수도원은 당연히 일제 탄압 대상이었다. 주교를 밀주했다는 누명으로 감옥에 처넣기도 했다. 해방 후엔 소련 공산당이 밀려와 수도원 재산을 모조리 몰수하고, 신부와 부속 직원들까지 총살했다. 덕신 아버지도 그때 억울하게 죽음을 맞았다.

'그런데 지금 수용소 상황도 만만치 않아.'

수용소 내부는 평화를 가장한 처절한 이념 투쟁 공간이었다. 낮에는 평화로우나 밤이 되면 전쟁이 터지기 일쑤였다. 남자 포로수용소에서는 밤마다 친공분자와 반공분자 싸움에 총성이 오갔다. 낮에는 평화의 탈을 쓴 사람들이 밤만 되면 친공하라며 반공포로를 잡아 죽였다. 자다가 쥐도 새도 모르게 잡혀가 죽임을 당하는 세상이니 마음 놓고 잘 수도 없었다.

여포 수용소도 여간 서슬이 퍼런 게 아니었다. 자본주의나 민주주의 냄새를 조금이라도 풍기는 사람은 가만두지 않았다. 후남이 가족 이야기를 꼭꼭 숨기는 이유도 이 때문이었다.

"저희 아버지, 할아버지는 북한에 잘 살아계십니다. 어서 빨리 만나고 싶어요."

사실상 그것은 거짓이 아니었다. 살아계시긴 하니까. 평안도 언니는 말했다.

"후남아, 먹고살기 힘든 바깥보다 여포 수용소에 있는 게 편하고 좋을 거야. 먹을 것 주지, 교양 교육 베풀어주지."

후남도 처음에는 편하고 느긋했다. 미군 담요는 따뜻했고, 밥도 푸짐하게 먹을 수 있었다. 바깥처럼 아이들과 몰려다니며 구걸하지 않아도 괜찮았다. 추운 날 언 손 호호 불며 흙과 짚을 이겨 집을 지을 필요도 없었다.

그러나 계속 탈영병이 생겼다. 며칠 지나니 20명이 같은 방에서

자는 것도, 세숫물 받으려고 줄 서는 일도, 천막에서 배우는 뜨개질이나 교양 교육도 다 지겨워졌다. 특히 친공교육 강화수업을 할 때면 살얼음판에 앉는 기분이었다. 그러던 어느 날 후남이 평안도 언니에게 물었다.

"언니, 이 전쟁이 끝나기나 할까요? 우리가 이 수용소를 벗어날 날이 정말 올까요?"

평안도 언니가 반색했다.

"인민을 사랑하시는 조선인민공화국 수령님은 언제라도 우리를 환영하고 있어. 애타게 기다리고 계시지. 그날 그때를 위해 우린 열심히 살아야 해."

"……"

"후남아, 남자 포로수용소에서 탈출하다 붙잡힌 북한군 포로가 있었어. 어제 그 포로가 철조망을 넘다가 국군 경비병 총에 맞았대!"

"정말요?"

"그러니 도망갈 생각일랑 하지 마라. 국군이 죽은 포로를 본보기로 철망에 걸어놓았다는 거야. 잔인한 국군놈들!"

평안도 언니가 부르르 몸을 떨었다. 평안도 언니의 인간성과 이념은 너무 이율배반적이었다. 후남의 달거리를 처음 알아채고 보살펴 준 맘씨 좋은 언니지만, 사상은 투철한 열성 공산당원이었다. 언니가 후남의 출신 성분을 알아차리면 절대 가만두지 않을 것이다.

겉모습은 한가하고 평화로워 보였지만 남포(남자 포로) 수용소 못지않게 여포 수용소도 친공이 무섭게 득세하고 있었다. 서로 입을 다물고 눈치 보기가 예사였다. 나이 좀 든 유난히 예쁜 언니가 후남과 둘만 있다가 살짝 말을 꺼냈다.

"넌 어려서 잘 모를 거다. 내가 우리 고향 시골장에서 어머니랑 식당하고 살았는데 무서운 언니들이 들이닥쳤지. 조선 민주주의 여성 동맹에서 나왔다며 나를 강제로 데려갔어. 반반하고 일 잘하게 생겼다며. 얼마나 무서운지 거역할 수가 없었지. 울 어머니마저 입도 뻥긋 못 했어. 잘못했다간 식당도 문 닫게 만드는 그런 무서운 언니들이었거든."

"거기서 대단한 일이라도 했나요?"

"웬걸. 막 대구에 도착하자마자 국군이 우리를 덮쳤어. 난 한마디 변명도 못 한 채 국군에게 붙잡혔어. 엉겁결에 자유대한에서 살던 이 몸이 친공포로로 탈바꿈한 거지."

후남이 속삭이며 웃었다.

"흐흐, 언니야말로 찐 북한군 여포네요."

그때 간호장교가 눈을 찌푸리며 다가왔다.

"가자. 한가하면 반드시 문제가 생기거든. 너에게 임무를 줄게."

간호장교와 후남은 다른 막사로 이동했다. 예쁜 언니는 후남에게 계속 눈을 찡긋거렸다. 막사 옆 작은 뜰에는 하얀 아기 기저귀가 옷가지들과 엉켜 세찬 바람에 휘날렸다. 막사에 다가가니 아이들 소리가 왁자지껄 들렸다. 떼쓰는 날카로운 울음소리가 찬 공기를 타고 빈 들판으로 퍼져갔다. 그때 막사에서 아이 손을 잡은 엄마 병사가 나왔다.

"장교님, 어서 오세요. 시끄러워서 미안합니다. 순덕이는 엄마가 없어서 유난스레 어리광이 심해요."

배가 보름달만 한 임산부가 다가왔다. 너무 배가 불러 금방이라도 아기가 빠져나올 듯 힘들어 보였다.

"장교님, 제발 미역 좀 구해주세요. 산후 준비를 해야 하는데……. 앗, 아기 기저귀 감도 필요해요. 돈은 여기 있어요."

임산부가 손을 펴 꼬깃꼬깃한 지전을 내밀었다.

'순덕 엄마는 어디에 있을까, 전투 중에 낳은 걸까, 애를 낳고 죽었을까?'

후남은 그 아이를 보며 웃어주었다. 죽는다고 울던 애가 다가와 후남 손을 잡았다. 갑자기 동생 귀남이 떠올라 아이 눈동자를 한참 들여다보았다. 아이들 눈은 참 맑고 선하다. 거짓말을 안 해서일지도 모른다. 생각을 깨우듯 간호장교가 말했다.

"후남 병사, 오늘부터 이곳을 접수하도록. 이 막사에서 청소, 빨래, 아이들 돌보기 전담이다."

"네."

후남은 거역할 도리가 없었다. 아니 오히려 자신이 임산부와 아이들을 기꺼이 돌보리라는 생각이 강해졌다. 이상하게도 이선자의 명찰이 붙은 군복이 후남을 조종하는 듯한 느낌을 떨칠 수가 없었다. 반공이든 친공이든 이념을 떠나 세상의 모든 여자와 어린이는 보호받아야 한다는 강한 신념 말이다. 오후의 종소리가 울려 퍼지자, 간호장교가 소리쳤다.

"휴식시간이다. 자유시간 후 모두 어린이 막사로 다시 들어오도록!"

"와, 신나는 장날이다!"

아이 어른 모두 함성을 질렀다. 바깥세상 사람을 구경할 수 있는 시간이었다. 예쁜 언니는 밥통을 들고 달려가며 화장품과 바꿀 생각에 신이 났다. 다른 언니는 군복을 들고 철조망을 향해 뛰어갔다. 후남은 자기 막사로 번개처럼 달려가 구석에 챙겨둔 옷 한 벌을 꺼냈다. 평안도 언니에게 사정해 반값에 구한 것이었다. 군복을 받고 기뻐할 대봉의 미소가 떠올랐다. 힘든 일을 하면서도 항상 미소 짓는 그 애의 타고난 맑은 얼굴은 누가 준 선물일까. 벌써 대봉을 만날 생각에 맘이 설렌다.

'대봉아! 그날 소금 한 꼬집에 내가 너에게 반한 걸 아니? 언젠가는 그 말을 꼭 해줄 날이 오겠지.'

후남은 달리기 시작했다. 평안도 언니가 달려와 후남 손바닥에 돈을 건네주었다. 언니는 어느새 막사로 달려가며 소리쳤다.

"후남! 산모용 미역과 기저귀 감 좀 구해봐!"

철조망 사이로 언뜻언뜻 달려오는 한 소년이 보였다. 마침내 소년이 헉헉거리며 섰다. 철망이 가로막았지만 후남은 애써 소년을 바라보았다. 며칠 안 봤는데 너무 반가워 눈물이 났다. 지금 이 소년, 대봉을 가슴에 꼭 안고 싶었다. 대봉이 물었다.

"괜찮아? 그 안은 어때?"

"널 못 봐서 눈이 짓무른 것 빼고는 만사 오케이. 그런데 이 군복 어때?"

후남은 옷을 펼쳐 보여주었다. 하얀 페인트로 흘려 쓴 'POW'라는 문자가 옷 앞뒤로 잔뜩 쓰여 있었다.

"와우, 남자 군복이네. 멋진 영어까지 박힌. 우리 엄마가 좋아하시겠다."

대봉은 후남 손 위에 지전을 올려놓았다.

"우리 엄마가 사는 금액인데 나쁘지는 않을 거야."

"좋아, 그런데 안 받으면 안 돼?"

"왜?"

"난 네가 준 소금을 팔았잖아. 돈이 생겼어."

"그래도 안 돼. 울 엄마가 사는 옷이니까 엄마 돈 받아야지."

"와, 이 까칠함. 알았다. 그런데 산모용 미역과 아기 기저귀 감이 필요해."

대봉이 놀란 토끼 눈이 되었다. 후남은 여자 막사에 엄마 병사랑 아이가 많고, 오늘내일하는 임산부도 있다고 말해줬다. 그때 대봉 옆으로 허덕거리며 달려오는 아이가 있었다.

"너희들 여기 있었구나!"

덕신은 대봉을 먼저 쳐다보았다. 대봉도 마주 웃었다. 후남이 먼저 말했다.

"덕신아! 보고 싶었어."

"나도!"

덕신이 눈물을 글썽이며 소리쳤다.

"그곳은 어때? 있을 만해?"

후남이 고개만 끄덕였다. 덕신은 대봉이 손에 든 군복을 바라보며 말했다.

"POW라면 Prisoner Of War의 약자네. 옷 앞뒤 판에 '전쟁 포로'라고 달고 다니는군. 그리고 보니 남포수용소에는 그런 옷 입은 군인들 천지던데."

후남이 물었다.

"POW라…… 전쟁포로 즉 죄수라는 거지. 군인들은 그 뜻을 알고 입을까?"

철조망 옆에서 많은 시간을 보내는 대봉이 말했다.

"글쎄다. 미군이 페인트통을 들고 다니며 북한군들을 세워놓고 등 앞뒤에 페인트로 흘려 쓰더라. POW라고."

"그렇게 새겨놓고 도망가지 못하게 하려는 게 아닐까?"

후남이 말했다.

"그리고 보면 거제도는 어마어마한 죄수로 가득한 섬이네."

덕신이 얼른 끼어들었다.

"후남아, 나 수용소에서 보조통역사로 일하게 되었어. 집에서 출퇴근하게 돼. 널 자주 만날 수 있으면 좋겠다."

"덕신아, 그럼 너도 나처럼 죄수들과 함께 지내는 거네. 갑자기 죄수 소굴로 직장을 바꾸다니. 와우, 우리 능력녀!"

덕신이 말했다.

"대봉, 그대는 여죄수들의 남친!"

셋은 모처럼 깔깔거렸다. 그러다 덕신이 맥 빠진 듯 말했다.

"아니야. 나는 배급소에서 쫓겨난 거야. 하루 이틀간에 벌어진 그 많은 이야기를 언젠가 너에게 말할 수 있다면 좋겠어."

후남이 뭔가를 눈치챘다.

"배급소에서 뭔가 큰일이 있었구나. 덕신아, 힘내!"

후남이 철망 귀퉁이 구멍으로 손을 내밀었다. 덕신이 그 손을 잡아 자기 손을 포갰다. 손과 손이 한참을 그러고 있었다. 대봉은 자기도 모르게 손을 포갰는데, 울컥하면서 뜨거운 마음으로 하나가 되었다. 철망이라는 쇠가시 장애물도 그들의 우정을 갈라놓지는 못했다. 얼마 후 후남이 말했다.

"덕신이 수용소로 출근하니까 미역이랑 기저귀 감은 대봉이 구해보는 게 낫겠다."

대봉이 고개를 끄덕이자 덕신이 물었다.

"그런데 어떻게 젊은 언니들이 아빠도 없는 애를 낳을까? 이건 비극이야."

"글쎄, 처음엔 비극이라고 생각했지. 그런데 제 아이들을 챙기는 북한 여병사들을 보며 마음이 바뀌더라. 반공 친공을 떠나 그건 인간의 숭고한 본능인 것 같아. 아니 동물의 본능인지도 모르겠지만. 뱀도 자기 새끼는 이쁘다잖아."

후남은 아이들이 가득 찬 수용소의 어린이 막사 이야기를 했다.

"아기들 울음소리가 거기선 희망의 소리로 용솟음치는 건 희한한 경험이었어. 거리를 떠도는 숱한 고아들은 전쟁의 비극이지. 하지만 그 아이들은 희망의 씨앗이 될 수도 있어. 전쟁 중에도 숱하게 사람들은 죽고 태어나니까."

덕신은 고개를 끄덕이고, 대봉이 거수경례를 했다.

"오케이, 우리 보스가 부탁한 산모용품 열심히 구해오겠음."

셋이 손뼉을 치고, 대봉은 들고 있던 군복을 치켜들었다.

"이 옷도 임무 완수 박두!"

덕신이 말했다.

"오, 이 투철한 직업의식!"

"이 옷 우리 엄마가 엄청 좋아하실 것 같아. 이제 몇 벌만 더 모으면 염색해서 들고 부산으로 팔러 갈 거야."

"와, 잘됐다!"

후남이 손뼉을 쳤다.

"벌써 김대봉 사장이 눈에 훤하네!"

"싸고 질기니까 부산에서 남포 군복이 인기 짱이거든. 이번에는 아버지가 나도 데려간다고 하셨어. 옷 사고파는 걸 배워야 한다고."

후남은 말끔한 얼굴에 장사 소질까지 있는 대봉의 넉살이 부러웠다. 게다가 홀로 설 수 있도록 챙겨주는 부모님이 곁에 있으니 얼마나 좋을까. 덕신도 통역사가 되면 돈을 잘 벌게 될 것이다. 수용소에 갇힌 자신만 초라하고 불쌍하게 느껴졌다. 이럴 바에는 평안도 언니가 말한 대로 친공분자로 충성해 이북으로 가버릴까도 싶었다. 엄마와 가족을 만날 수 있는 절호의 기회가 될 거라는 평안도 언니 말이 귓전에 맴돌았다. 조선인민공화국으로 가면 수령님께서 친공포로들에게 완전 영웅 칭호를 주실 거라고 했는데 말이다.

"후남아, 정신 차려. 우리 간다!"

덕신이 소리쳤다. 후남이 잠에서 깬 듯 중얼거렸다.

"으응, 그래. 가라."

덕신이 대봉과 함께 돌아서며 소리쳤다.

"후남아, 어떻게 해서든 우린 널 거기서 빼낼 거야."

대봉이 다시 철망 쪽으로 와서 후남 귀에 뭔가를 속삭였다. 후남이 멍한 채 고개를 끄덕였다.

휘리릭~, 휘리릭!

자유시간 마감을 알리는 보초병의 호각 소리가 대봉의 말소리를 먹어버렸다.

후남은 철망 사이로 멀어지는 대봉과 덕신을 멍하니 바라보았다. 나란히 걷던 대봉이 돌아보며 한 번 더 손을 흔들었다. 후남은 참고 참았던 울음이 와락 터졌다. 엄마와 헤어져 혼자 피난선을 탔을 때도, 소금 대장 때문에 팔뚝을 다쳤을 때도 이렇게 슬피 운 적은 없었다.

이름 모를 새 두 마리가 부리를 맞대고 비비며 철망에 와 앉았다. 그 모습에 후남의 가슴이 더 미어졌다. 철망을 부여잡고 꾸역꾸역 울었다. 대봉과 덕신의 다정한 뒷모습이 부옇게 흐려 보였다. 대봉이 배반을 때리기라도 한 듯 가슴이 미어졌다. 그때 어린이 수용동에서 순덕의 울음소리 같은 게 들렸다. 귀를 파고드는 것만 같아서 후남은 이내 그곳을 향해 달리기 시작했다. 매서운 골바람에 눈물이 눈꽃처럼 흩어져 사라져갔다.

11
유월의 소녀들

유월이 되니 수용소를 싸고도는 산바람이 어지간히 뜨뜻하고 느긋해졌다. 삼사월까지도 산새에 흐르던 봄바람이 초록 청양고추처럼 매콤하더니, 유월에 명당자리를 내주었다. 피난민 마을에도 포로수용소에도 좋은 기운이 여름 안개로 깔린 푸른 유월이다.

유월 초하루 어슴푸레한 새벽, 덕신은 초대받은 직장으로 첫 출근 하는 길이다. 운 좋게도 여자 포로수용소. 얼마나 학수고대하고 서둘렀는지 국밥집 앞에서 돌에 걸려 넘어질 뻔했다. 덕신은 '마음을 급하게 먹지 말자'라며 후남 구출 작전의 성공을 기도하며 걸었다. 후남에게 접근하는 길은 일단 뚫렸다. 수용소 행정실에서 2개월이나 통역 실습을 했으니 그다지 겁도 나지 않았다. 오늘이 장날, 후남의 구출 날이다.

'오늘이 디데이! 대봉이 말한 지시사항을 철저히 점검해야지.'

부연 수증기가 오르는 국밥집에서는 아침 일찍부터 구수하고도 고릿한 냄새가 진동했다. 미군들이 먹고 버린 고기 찌꺼기에 채소를 넣고 고아 만들었다는 말에 자존심 세워 외면해 보지만, 사실 그것을 안 사 먹는 더 큰 이유는 돈을 아끼고 싶어서였다.

그곳을 지나면 계룡산 언덕배기 점집이 나온다. 후남도 그곳에 들어가 보고 싶어 안달했지만 차마 들어가지 못했다. 좋지 않은 소식이 두려워서다. 후남은 엄마가 집으로 잘 돌아갔는지, 행여 지금도 거제 어디쯤에서 자기를 찾고 있는 건 아닌지 묻고 싶은 모양이었다. 그러는 후남을 보며 덕신은 마음이 아팠다. 엄마의 생사가 오죽이나 맘에 걸렸으면.

벌써 푸성귀로 좌판을 벌이는 아줌마, 수제비 끓일 솥을 걸치는 억척스러운 부부, 그리고 우유를 진열하는 군인 아저씨의 이동식 노점상이 바빴다. 죽음이 판치는 전쟁 속에서도 솟구치는 삶의 열기를 느끼며 덕신은 가슴이 뜨거워졌다. 주자 골을 지나니 가파른 산길이 이어졌다. 어느새 발에 밟히는 파란 잡초는 겨우내 숨어 축적한 생명력을 뿜어냈다. 덕신은 힘껏 기지개를 켜고 하늘을 보았다.

능선 위로 여자 포로수용소 철조망 끝이 보였다. 소장은 일단 행정실을 찾아가 미군 행정병을 만나라고 했다. 수용소 입구에 다다르자 보초병이 먼저 나왔다. 덕신은 통역 통행증을 내밀었다.

"본부에서 연락받았어. 김덕신 보조통역사?"

"네, 안녕하세요."

"환영합니다. 이른 아침이라 포로들 출입이 별로 없으니 안전하게 찾아갈 만할 거요. 저 벌판 사잇길로 죽 따라가다가 수용소 팻말이 보이면 그 안에 있는 행정실로 들어가세요."

"알겠습니다."

덕신은 모자 차양을 들어 인사한 후 사잇길을 걸었다. 다행히 풀이 억세게 자라지 않아 더러 밟히는 잡초 감촉이 나쁘지는 않았다. 지난번 밖에서 본 것보다 수용소는 황량하고 허접했다. 야산에 시커먼 지붕을 한 막사만 드문드문 거북이 등처럼 붙어 있었다. 후남이 저 막사 어딘가에서 오늘 디데이를 애타게 기다리고 있을 것이다.

*

한편 아침에 눈을 뜬 후남은 유월 첫날 벌어질 일을 상상하다 벌떡 일어났다. 기다리고 기다리던 날이다. 병사들 몰래 빈 장조림 보따리를 허리에 두르고 군복을 걸쳤다. 후남을 살린 고기와 달거리 패드가 들었던 장조림 보따리. 엄마와 할머니를 기억하며 평생을 함께할 물건이었다. 언제 이곳을 벗어날지 모르니 미리 몸에 지녀야 한다. 대봉 말처럼 시간이 지나기 전에 미리 철조망 부근으로 이동해야 한다. 장날이라 병사들 모두 바쁘고 들떠 있었다.

그러나 아침엔 산모 병사동으로 가야 했다. 찬물로 아기 똥 기저 귀를 빨고, 산모 막사를 청소하고, 혹독히 일해야 오후 자유시간이 올 것이다. 밤에 하는 독보회와 자아비판은 한마디로 죽음이었다. 그때 예쁜 언니가 다가오며 낮은 소리로 속삭였다.

"새벽에 총소리 들었지?"

후남은 비몽사몽간에 들리던 총소리를 떠올렸다. 총소리와 섞여 대봉과 덕신이 환한 빛 속에서 달려 나오던 꿈도 생각났다. 그들의 몸은 철망 문이 잠겼는데도 자유롭게 빠져나왔다. 예쁜 언니가 꿈을 깨웠다.

"뭐 하니? 76 수용소에서 도트 준장이 살해되었다는데."

다른 언니가 알아듣고 손뼉을 치며 말했다.

"오, 용감한 인민 오라버니들 76 수용소!"

후남은 입술을 꼭 깨물었다. 용맹성이 드높은 친공포로가 있는 76동은 말만 들어도 치가 떨렸다. 76동 추종 세력과 함께 기쁜 척해야 하는 자신이 점점 싫어지고 있었다. 그때 권효숙 간호장교가 외쳤다.

"브라보! 친애하는 우리 수령 동지께서 얼마나 기뻐하셨을까요? 어서 우리 여포도 용감한 남포의 인민 전사들처럼 조국에 은혜 갚는 일을 해야 합니다!"

"옳소! 옳소!"

언니들은 가슴이 벅찬 듯 한통속이 되었다. 친공군과 반공군이 서로 수용소 통제권을 쥐기 위해 싸우던 것이 급격하게 이데올로기 싸움으로 발전했다. 사실 도트 준장은 살해된 게 아니라 감금되었으며, 분노한 혈투로 친공군과 반공군이 엄청 죽어 나갔다. 후남은 국군 시신을 분뇨통에 넣거나 토막 내 쓰레기로 버리는 친공 포로들의 만행을 미화하는 걸 참을 수 없었다. 부글거리며 속을 끓였다. 도트 준장 사건 이후, 미 행정부는 반공포로를 육지 수용소로 이송하고, 거제에는 거의 친공포로만 남겨두기로 했다. 그렇게 갈라놓지 않으면 수용소 전원이 감쪽같이 사라질지도 모를 판이었다.

후남이 있는 여포 수용소 역시 친공세력이 전체를 장악했다. 북한 간호병들과 자의든 강요에 의해서든 자원입대한 의용군(북한군과 남한군)이 대다수였다. 얼마 전에 예쁜 언니가 자유 조선을 두둔하는 듯한 발언으로 비판받더니 머리카락이 몽땅 뽑히고 손톱이 두 군데나 뽑힌 채 돌아왔다. 후남은 놀라 달려갔다.

"언니 동무, 괜찮습니까?"

손톱에 약을 발라주는 후남 손에서 권효숙 간호대장이 약을 빼앗았다.

"후남 병사, 스스로 살아나면 사는 것이고 더는 거들지 마. 자꾸 그러면 네 사상마저 비판 대상이 될 거다."

'이념을 떠나 여자는 아니 모든 인간은 소중하다고요!'

하지만 후남은 속말을 다 뱉어낼 수는 없었다.

"동정과 연민도 좋으나 우리와 이념이 다른 자는 절대 구원받지 못해!"

후남은 간호장교 말에 몸을 떨며 물러날 수밖에 없었다. 너무 무
른 자신이 싫었다. 그녀는 후남이 당황할 때 달거리를 알려주고 안
심시켜준 정 많은 언니였으나, 사상적으로는 잔인하고 몰인정한
여포 수용소 조폭이었다. 그런 언니를 보며 두려움과 환멸이 증폭
되었다. 다른 반공 언니들처럼 자기도 언제고 쥐도 새도 모르게 당
할지도 몰랐다. 하루가 한 달처럼 길어지고 다가올 장날이 까마득
했다. 하루하루가 살얼음판을 디딘 것 같았다.

후남은 고개를 흔들며 파란 하늘을 올려다보았다.

'덕신과 대봉이 약속대로 나를 구하러 올까? 아니다. 걔들은 벌
써 나를 잊었을지도 몰라.'

그러나 어젯밤 꿈이 다시 떠올랐다. 분명 덕신이 여포 수용소 어
디엔가 있을 거라는 강한 확신이 들었다.

'대봉과 덕신이 철조망을 건너 나에게 달려왔었어. 그 가시 위를
사뿐 넘어 다가왔지.'

그들이 어디선가 자기를 끌어당긴다는 강한 믿음이 있었다. 후
남은 자기도 모르게 힘이 솟고 기쁨이 넘쳤다. 빨리 일이 끝나야
대봉이 말한 대로 움직일 수 있을 텐데.

후남이 어린이 막사에 도착하니 다른 날과 달리 조용했다. 천막
문을 젖히니 임산부 병사가 미군과 나란히 앉은 소녀를 마주한 채
이야기에 빠져 있었다. 후남은 정신이 번쩍 들고 가슴이 울렁거렸다.

'꿈에서처럼 나를 구할 사람들이 아닐까?'

팔에 '통역'이라는 완장을 찬 소녀 말에 미군은 고개를 끄덕이
며 부지런히 뭔가를 적고 있었다. 후남은 발끝으로 들어가 밤새 쌓
인 아기 기저귀와 빨아야 할 옷가지를 챙겼다. 등 뒤로 가끔 조용
한 소녀의 말소리가 들렸다.

"유엔에서는 수용소 내의 포로 여성과 아이들을 특히 보호한답
니다. 이곳 수용소 내의 산모와 임신부의 확실한 숫자 파악이 필요
하답니다."

임산부 병사가 더럭 화를 냈다.

"유엔에서 그거 파악해서 어디다 쓴답니까? 이곳의 여성과 아
기들을 한시바삐 존경하는 우리 수령 동지 곁으로 보내주시오. 이
곳에 아비가 누군지도 모르는 애들이 숱하게 쌓였다고만 전하시
오."

그 소리에 후남은 가슴이 뜨끔했다. 아비가 누군지도 모르는 애
들이라니! 통역 소녀도 어떻게 통역해야 할지 쩔쩔매는 눈치였다.
미군은 임산부 병사가 왜 화를 내는지 물었다. 그때 순덕이가 으앙
하고 크게 울기 시작하자 그녀는 더 화를 냈다.

"쟤는 엄마마저 잃었어요. 완전 고아예요. 전쟁통에 거리는 고아
들 천지고. 누가 전쟁을 일으키는 겁니까? 우리 여자들은 왜 여기
갇혀 있어야 합니까? 제발 빨리 북조선으로 보내주세요. 이 에미
나이들 모두 데려갈 거니 당신네는 걱정도 말아요."

순덕은 씩씩거리는 임산부 병사를 보며 더 크게 울었다. 다른 쪽에 있던 아기들도 울기 시작했다. 이상하게 아기 한 명이 울면 다른 아기들까지 전염이 되어 울음바다가 되곤 했다. 지금이 그랬다. 보다 못한 후남이 얼른 달려가 순덕을 안았다.

"순덕아, 언니랑 바깥 구경하자."

후남을 따르는 순덕이 부르르 떨며 후남 품에 안겨 조용해졌다. 그때 후남을 본 통역 소녀가 "앗!" 소리치다 자기 입을 막았다. 미군이 황급히 물었다.

"덕신, 무슨 일입니까?"

"아, 아닙니다. 일단 아까 이야기 보고를 드려야지요."

눈치챈 후남은 서둘러 밖으로 나왔다. 다행이라고 가슴을 쓸어내리면서. 드디어 그날이 왔다.

'덕신이다, 덕신!'

덕신은 유월의 초록으로 빛나 보였다. 그 모습을 본 후남은 가슴이 마구 요동쳤다. 순덕을 안고 달래면서도 마음속은 온통 덕신과 탈출할 생각으로 가득했다. 일단 자유시간이 되기 전에 철망 문 쪽으로 진입해야 한다. 분명히 미군과 후남도 그 문으로 퇴근할 것이다. 그리고 오늘은 간호장교가 부탁한 미역과 기저귀 감을 받는 날이기도 했다. 벌써 대봉이 수용소 철망 밖에 와있을 것만 같다. 후남은 간절히 빌었다.

'덕신, 착한 덕신이가 왔어요. 조상신님, 제발 오늘 일이 잘되게

도와주소서.'

후남은 아기를 안은 채로 막사 입구에서 덕신이 나오길 기다렸다. 곧 미군이 앞서고 덕신이 뒤따라 나오는 게 보였다. 후남은 얼른 막사 옆으로 몸을 숨기고 기다렸다.

'다음엔 어디로 가는 거지?'

덕신이 막사 안에 대고 뭐라고 묻는 것 같았다. 그 후 미군과 이야기하더니 미군이 고개를 끄덕이고, 먼저 수용소 마당 쪽으로 걸어갔다. 덕신은 주위를 살피더니 천천히 변소로 들어갔다. 후남은 따라가려다 잠시 망설였다. 순덕을 놓고 갈 수도, 지금 수용소 안에 데려다줄 수도 없었다.

"순덕아, 언니한테 업혀봐."

후남은 아기를 업은 채 변소로 따라갔다. 이 칸 저 칸 엿보다 옷을 걸쳐놓은 칸으로 들어갔다. 후남은 너무 반가워 덕신을 껴안을 뻔했다. 좁은 변소에 아기까지 셋이 있으니 터질 것처럼 비좁았다. 덕신이 쉿 하며 입을 막았다.

"후남 언니, 빨리 옷 벗어."

"으응?"

"이것 입고 어서!"

덕신이 아기를 받아 안고 후남에게 통역병 완장과 함께 자기 옷을 건네주었다. 영문을 모르는 아기는 언니들 재롱에 신이 났는지 양손을 흔들며 재롱을 피웠다. 옷을 바꿔 입은 두 소녀가 변소에서 나왔다. 서로 옷이 바뀐 게 두렵기도 하고 어색해서 어물거렸다. 후남이 아기를 내려다보며 망설였다. 산모 막사에 아기를 데려다 줘야 할지 고민하는 눈치였다. 옷이 바뀌었으니 더욱이 들어갈 수 도 없는 상황이었다. 덕신이 서둘러 말했다.

"언니는 이 시간부터 김덕신 통역병임을 명심해! 나머지는 나에 게 맡기고 어서 서둘러."

둘은 말없이 긴 수용소 길을 걸었다. 점점 발걸음이 다급해졌다. 후남은 등에 업힌 아기가 찰싹 달라붙어 눈물이 났다. 귀남이가 등 에 업힌 것만 같았다. 이 순간 왜 엄마가 보고 싶어 이리 눈물이 날 까. 거의 철망 문이 가까워지자 보초가 보였다. 덕신이 아기를 데 려가 업으며 말했다.

"아가야, 나에게 어부바 해봐."

후남의 예상과 달리 순덕이는 고분고분 말을 잘 들었다. 후남은 다시 가슴이 미어졌다.

'엄마와 귀남을 버리고, 이제 순덕이까지 버려야 한다니. 왜 사 랑하는 사람은 모두 내 곁을 떠나는 걸까?'

덕신의 목소리가 후남을 깨웠다.

"후남 언니, 어서 가. 의젓하게 문을 통과하는 거야. 모자를 더 깊이 눌러쓰고."

후남의 놀란 눈이 커졌다.

"너는 어떻게 하고?"

덕신이 후남을 밀어댔다.

"걱정하지 마. 문 닫히기 전에 어서 나가. 다 생각이 있어."

덕신은 고개를 빼고 철망을 바라보다 대봉을 발견했다. 약속대로 넓적한 산모 미역을 짊어진 대봉이 손을 들어 흔들었다. 덕신도 아기를 어르며 손을 들어 위치를 알렸다.

후남이 철망 문에 다다르자 보초가 다가왔다. 그의 어깨에는 장총까지 걸려 있었는데, 보통 때는 잘 보지 못했던 기다란 총이었다. 그가 말했다.

"덕신 님, 통역은 잘 되었나요?"

후남은 대답 대신 고개만 끄덕였다. 보초병이 철망 문을 열어주며 후남의 팔을 잡았다. 후남은 가슴이 덜컥 내려앉았다.

"그런데 완장이……."

"네, 네?"

"완장을 거꾸로 찼네요."

후남은 가슴을 펴고 완장에 손을 얹었지만 고쳐 찰 정신이 없었다. 스스로 주문을 넣으며 걸을 뿐.

'후남아, 그래도 고개를 쳐들고 당당하게!'

마치 발바닥에 끈끈이가 붙은 듯 발걸음이 무겁다. 그때 뒤에서 보초병의 목소리가 들렸다.

"덕신 님!"

순간 그 자리에 서고 말았다.

"그런데 미군 행정병은 아직 안 나오셨네요?"

후남은 다리가 후들거리고 가슴이 뛰었다. 뒤돌아보면 안 된다. 못 들은 척 앞만 보고 가야 한다. 발걸음이 점점 빨라졌다. 등에서는 진땀이 흘러내렸다.

철컥!

쇠문 소리에 놀라 다시 정지했다. 경비병이 달려와 목덜미를 조이는 것만 같았다. 간호장교가 연락한 게 틀림없어. 여포 수용소에서 정신없이 탈영병을 찾는 모습이 떠올랐다. 후남은 두 눈을 꼭 감았다. 가슴이 발딱거리고 발걸음이 둥둥 떠가는 것만 같았다.

'이제 진짜 잡히나 보다!'

슬쩍 돌아보았다. 휴, 철망 문이 닫힌 채 보초병이 덕신과 마주보고 서 있었다. 아기 우는 소리가 귀청을 때렸다.

"어떻게 해. 순덕이가 나를 찾나 보다!"

후남은 귀를 막고 달리기 시작했다. 흥남부두에서도 이렇게 달렸다. 엄마와 동생을 남겨둔 채 그물 사다리를 기어올랐다. 그때도 동생의 날카로운 울음소리가 바람을 타고 높은 곳까지 올라왔고, 지금처럼 눈물이 철철 흘러내렸다.

'순덕아, 미안해서 어쩌냐?'

후남은 고개를 젖히고 바람을 가르며 달렸다. 유월의 바람은 촉촉 달콤하고 하늘은 파랬다. 자유의 바람을 들이키며 크게 외쳤다.

"후남아, 넌 죽음의 수용소에서 탈출한 거야!"

이제 울어서는 안 된다. 전쟁이 끝나면 그리운 고향으로 돌아갈 준비를 해야 한다.

온 힘을 다해 달렸다. 자갈이 밝힌 울퉁불퉁한 길을 지나 붉은 흙이 단단한 흙길을 지났다. 몽돌 해변을 건너 청보리를 베어낸 보리밭 사잇길을 걸었다. 초가집이 서 있는 골목길을 돌아 평평한 너럭바위도 달렸다. 계속 달려 도착한 학교 숙소는 왁자지껄 활기찼다. 거칠지만 따뜻한 사람 냄새와 자유로운 공기가 파도처럼 출렁거렸다. 언젠가 솥밥을 줬던 아줌마가 공깃밥을 한 사발 들고 다가왔다.

"올 줄 알았다. 우에 갔다 왔노? 어서 밥 한 숟갈 뜨거라. 그저 한국 사람은 밥심으로 사는 거, 알지?

후남은 가슴이 먹먹해 울먹였다.

"흐흑, 고맙습니다."

교실 밖 운동장을 서성이는 소년이 얼핏 보였다. 아줌마가 그 아이에게 소리쳤다.

"야, 어서 와라. 네가 말한 친구가 돌아왔어!"

소년이 번개처럼 달려왔다. 후남은 소년을 알아보고 가슴이 터질 듯 뛰었다. 벅찬 이 순간이 영원하기를 바라면서. 둘은 손과 손을 꼭 쥔 채 눈물을 글썽거렸다. 후남이 먼저 말했다.

"미역은?"

"경비병에게 전했어."

"기저귀 감은?"

"그것도. 산모 막사에 전해달라고 했어. 그런데 반갑지도 않냐? 내 안부는 묻지도 않고."

후남 얼굴이 달아올랐다.

"고백할 게 있어. 사실은 대봉이, 네가 제일 보고 싶었거든."

"나도야."

대봉이 앞장서고 둘은 덕신 집으로 가보기로 했다. 대봉은 덕신이 통역사니까 수용소에서 빠져나오는 건 문제 없을 거라며 후남을 안심시켰다. 대봉이 말했다.

"덕신과 내 작전이 찐 성공이었네."

"처음 덕신을 본 순간 걔가 초록으로 둘러싸인 듯했어."

"유월의 광채이자 생명과 풍요를 주는 색이지. 덕신이 신앙인이라 더 신뢰하게 된 거겠지."

"어서 덕신을 만나고 싶다."

후남은 오늘내일하던 임산부 병사의 왕 수박만 한 배도 떠올랐다. 그녀가 미역국을 잘 먹고, 튼튼한 아기가 태어나길 조상신께 간절히 빌었다. 후남 품에 찰싹 엉겨 붙던 순덕이 벌써 보고 싶다. 코끝이 빨개지며 코맹맹이 소리가 났다.

"순덕이 나를 찾을 텐데……. 수용소 아기 말이야."

대봉이 후남 손을 꼭 쥐며 물었다.

"예쁜 아기였어?"

"응, 전쟁 때는 예쁜 아기보다 튼튼한 아기가 더 환영받겠지?"

"난 둘 다야. 예쁘고 튼튼한 아기."

"어휴~, 욕심쟁이……."

"흐흐, 너 제법 엄마 같은데?"

"으~, 닭살."

둘은 깔깔거리며 서로 밀어내는 시늉을 했다.

"북한 간호장교 말이 산모 막사에 있던 아이들 모두 북한에 계신 수령님께 데려갈 거래."

"다행이네."

대봉은 고개만 끄덕이고 더 묻지 않았다. 둘 사이에 잠깐 정적이 흘렀다. 투덕거리는 발소리만 어두워진 흙길을 계속 울렸다. 가끔 '처...ㄹ썩 처...ㄹ썩 척' 파도 소리가 걸음을 재촉했다. 밤바다에 떠 있는 섬이 무섭도록 실감 났다. 후남이 부르르 몸을 떨자 대봉이 어깨를 가만히 안아주었다. 후남은 이제 더는 두렵지 않았다. 유월의 밤 바닷바람이 그들을 따뜻하고 부드럽게 어루만져 주었다. 둘이 걷는 길이 그렇게 한없이 길었으면 싶었다.

전쟁, 그후

　지루한 장마처럼 3년 이상 계속되던 전쟁이 멈췄으나 종전이 아닌 불안정한 휴전상태다. 한국은 남북으로 허리가 잘린 채 신음하는데 세월은 무심히 잘도 흘러갔다. 벌거숭이 산은 울창해지고, 전쟁의 상처는 사라졌으며, 산천은 완전히 개벽했다. 소녀들은 소식이 끊겼으며, 그날 이후 한 번도 만나지 못했다.

　스미스 소장의 주선으로 미국에서 대학을 졸업한 덕신은 미국 정부가 개발도상국에 지원하는 평화봉사단원 일원이 되었다. 그렇게 거제중학교 영어 선생이 되어 평생소원인 고국의 청소년을 가르치는 일을 하기로 했다.

　20년 만에 돌아온 고국은 활기와 희망이 넘실댔다. 전쟁 쓰레기로 넘치던 지저분한 도로와 쇠 철망으로 친친 감겼던 거대한 수용소 자리엔 산업화를 자랑하는 조선소가 우뚝 섰다. 생기 넘치는 사람들로 가득한 장승포항의 발전에 덕신은 가슴이 뜨거워졌다.

특히 여자 포로수용소 자리에 다다르자 감회가 새로웠다. 1953년 전쟁포로 석방 때 거제도에 있던 북한군 여자 포로는 한 명도 남지 않고 전원이 북으로 이송되었다. 여군들은 등에 둥글게 만 모포 위에 갓난아기를 얹고 띠로 매면서까지 북송 열차를 탔다. 엄마 군인과 아기들이 손을 잡고, 더러는 업혀 가던 행렬이 눈에 선했다. 하지만 조선인민공화국으로 돌아가 영웅이 되리라는 믿음은 깨지고, 그들 대부분이 숙청당했다는 소식을 들었다.

후남은 여자의 길을 알려준 고마운 간호장교 언니를 찾으려고 수소문했으나 허사였다. 악마 같던 포로수용소에서 나온 후, 후남은 대봉의 사랑으로 남한에서 살아갈 기쁨과 용기를 얻었다. 대봉과 후남은 억척스레 일했고 대봉은 부산에서 성공한 사장이 되었다. 후남은 여자 포로수용소에서의 기억으로 늦깎이 간호사가 되어 아프리카 난민을 돕는 여전도사로 활약하게 되었다. 지금도 후남은 북에 있는 할머니, 엄마와 가족 소식을 들으려는 꿈을 접지 않았다. 그들을 만날 날이 언제일까, 그날이 오기나 할까.

거짓과 도둑질을 일삼던 옥분은 근간에도 감옥에 들락거린다는 소문이 돌았다. 옥분이 피난선에서 후남을 모함했던 일이나, 비료공장에 얽힌 후남과 옥분 아버지 이야기도 결국 전쟁이 남긴 상흔이 아니었을까. 밀가루 창고 열쇠 사건 전모도 후에 후남을 통해 상세히 밝혀졌다. 당시 덕신은 스미스 소장에게 자신이 밀가루를 훔칠 마음이 있었음을 고백했으며, 소장은 솔직한 덕신을 더욱 신뢰했다. 어쩌면 그 일을 계기로 덕신에게 유학을 주선했던 것 같다.

덕신은 지금 거제에서 부산으로 가는 연락선을 타고 있다. 곧 만날 절친의 가족사진을 꺼내 보니 후남과 대봉 사이에서 튼실한 아이들이 웃고 있다. 사진 속에는 '축-김귀남 입학-'과 '축-김덕신 졸업-'이라는 글자가 쓰여 있다. 후남의 남동생 이름과 덕신 자신의 이름을 딴 아이들을 보며 가슴이 훈훈하고 뭉클해진다. 한때 덕신이 연모했던 소년은 아빠가 되어 사진 속에서 의젓하게 미소 짓고 있다. 여전히 맑은 그의 모습에 가슴이 설레면서도 명치 끝이 아릿하다. 옛친구 후남은 덕신의 깊은 속내를 알기나 할지.

부~웅~.

힘찬 뱃고동 소리에 하얀 옷깃을 두른 교복 소녀들과 까까머리 남학생들의 재잘거림이 아침 햇살처럼 화사하다. 바라보기만 해도 눈이 부신 맑은 아이들. 우울했던 자신의 어린 시절을 날려버리고 종달새 되어 그들과 함께 희망을 노래할 거다. 그들은 꿈이 있는 아이들!

"선생님!" 하고 부르며 달려오는 소녀들을 덥석 안아준다. 맨 마지막에 그들 속에서 수줍은 얼굴로 다가오는 자기 모습을 본 덕신은 눈시울이 붉어진다. 차곡차곡 그들의 발랄한 미소를 눈 속에 담아 올린다.

〈끝〉